Kim Lorenz

Langeoog
Blut

1. Fall für Kathrin Hansen

Zum Buch

Auf Langeoog wird am Weststrand ein Toter gefunden. Misshandelt, gefoltert, eingebuddelt. Für eine schicke Dekoration wurde auch gesorgt. Wenn Kathrin Hansen glaubte, Schlimmeres könnte der Insel nicht passieren, hatte sie sich geschnitten. Im Laufe der Ermittlungen kramt sie richtig Fieses ans Licht und als ein weiterer Mord geschieht wird klar, dass es mit dem Frieden vorbei ist. Ihre ganze Sorge gilt den Feriengästen, den Familien mit Kindern, die einmal weg von dem Elend dieser Welt, auf der Insel abschalten wollen. Sie heißt es zu schützen. Als dann der Verdacht aufkommt, dass sich das organisierte Verbrechen für die Insel begeistert, gerät Kathrin Hansen mit ihrem Team so richtig in die Bredouille. In dem Moment, wo sie glauben, es geschafft zu haben, gibt es noch etwas obendrauf. Tödlich. Quasi gratis.

Kim Lorenz

Langeoog
Blut

1. Fall für Kathrin Hansen

Bibliografische Information der Deutschen Nationalbibliothek:
Die Deutsche Nationalbibliothek verzeichnet diese Publikation in der Deutschen Nationalbibliografie; detaillierte bibliografische Daten sind im Internet über http://dnb.dnb.de abrufbar.

2. Auflage
Copyright: © 2018 Kim Lorenz

Herstellung und Verlag:
BoD – Books on Demand, Norderstedt
ISBN 978-3-7528-2194-9

1. KAPITEL

Die schweren dunklen Wolken über dem Meer hätte sie eigentlich als Zeichen für einen düsteren, freudlosen Tag registrieren müssen. Aber Kathrin Hansen sah die Vorzeichen nicht, wollte sie nicht sehen. Sie war gut drauf und freute sich auf die morgendliche Besprechungsrunde. Seit nun fast sechs Monaten war sie in ihrem Job und hatte das Gefühl, dass sie von den Kollegen und Bewohnern der Insel angenommen wurde. Mit der Tatsache, dass eine Frau die Polizeistation leitete, hatten sich anfangs viele schwergetan. Klar, es gab immer noch den einen oder anderen Sturkopf, bei einigen älteren Bewohnern dauerte es halt etwas länger.

Trotzdem, sie hatte es geschafft.

Nicht zuletzt auch deshalb, weil Oma Berta ihr das wunderschöne Haus an der Höhenpromenade vererbt hatte und ihr Großvater noch Fischer mit eigenem Kutter gewesen war. Er hatte auf der Insel etwas zu sagen gehabt. Als sich verbreitete, dass sie die Enkelin des alten Knut Hansen war, merkte sie, wie die Insulaner, wenn auch zähflüssig, zu ihr auf Tuchfühlung gingen. Und die Kollegen in der

Polizeiinspektion Wittmund hatten kapiert, dass sie auf der Hochschule nicht gerade geschlafen hatte.

Sie war auf Langeoog angekommen.

Kräftig trat sie in die Pedale und freute sich auf einen Kaffee. Ava Sari, in der Dienststelle das Mädchen für alles, zauberte den besten Kaffee, den Kathrin Hansen je getrunken hatte. Stark und schwarz wie die Nacht, aber auf wunderbare Weise Magen schonend, war er das Highlight eines jeden Morgens. Kathrin Hansen musste grinsen, als sie daran dachte, wie perplex ihre Kollegen waren, als sie anstatt Tee um einen Kaffee gebeten hatte. Na ja, ab Mittag war aber auch bei ihr friesischer Tee angesagt.

In ihren positiv eingestellten Gedanken bemerkte sie nicht, dass die Wolken dunkler und bedrückender wurden, dass sie Unheil verbreitend sich langsam über die Insel legten.

Fluchend sah Maartens seinem Hund hinterher, der vom Strandzugang urplötzlich in die Dünen preschte.

»Ben, hierher«, brüllte Maartens, aber der hörte und sah nichts mehr. Der muss was Ungewöhnliches gewittert haben, schoss es Maartens durch den Kopf, als Ben auch schon wieder aus den Dünen auftauchte und auf ihn zugestürmt kam. Mit der Schnauze stieß er Maartens ans Bein und machte dann eine Kehrtwendung zurück in die Dünen.

Betreten der Dünen verboten, las Maartens mit gerunzelter Stirn auf der Hinweistafel, die genau vor ihm stand. Er schätzte die Richtung, die Ben eingeschlagen hatte und kam zu der Überzeugung, dass er von der

Höhe aus sehen müsste, was den Hund so aufgebracht hatte. Durch die Dünen laufen war jedenfalls tabu.

Mit einem scharfen Pfiff rief er Ben zurück, nahm ihn an die Leine und stapfte durch den Sand bis zum Dünenkamm. Einige Meter weiter am Strand fiel ihm ein Sandhügel auf. Dekoriert mit einem schwarzen Hut.

Was soll denn das sein, dachte Maartens verwundert und blickte sich um. Weit und breit war kein Mensch zu sehen. Langsam stapfte er auf die Sanderhebung zu, wobei Ben zusehends unruhiger wurde. Maartens ließ ihn ein Stück zurück und umrundete dann abschätzend den Sandhügel. Er suchte nach Anzeichen, das Kinder sich hier ausgetobt hatten, doch es gab nichts, das darauf schließen ließ.

Dafür hatte der Hut es in sich. Aus schwarzem Veloursleder, mit einem extravaganten breiten Rand und dunkelroten Hutband, war er zweifellos in die Designerklasse einzuordnen. Jedenfalls kein Stück, das man als Verzierung für eine Sandburg opfern würde. Maartens blickte sich um, nahm aus dem Sand ein Stück Holz und hob damit, nun richtig neugierig, den Hut etwas an. Als er die strähnigen, schwarzen Haare sah, die sich darunter auf dem Sand kräuselten, fuhr er entsetzt zurück.

»Ach, du Scheiße«, entfuhr es ihm.

Vielleicht lebt die Person ja noch, schoss es ihm durch den Kopf und er begann zu buddeln. Als er in die leblosen, verwaschenen Augen blickte, hörte er abrupt auf und ging auf Abstand. Schockiert betrachtete er das Gesicht und schätzte das Alter des Mannes auf etwa fünfzig Jahre. Eher etwas älter. Die verzerrten

Gesichtszüge, der lippenlose Mund und ein abgeschnittenes Ohr ließen auf einen qualvollen Tod schließen. Dass man dem Toten das Ohr in den Mund gestopft hatte, machte die Szene noch makabrer.

»Das ist ja irre, das darf doch nicht wahr sein«, brummelte Maartens und hörte in dem Moment, wie jemand seinen Namen rief. Er blickte hoch und sah Willem Voss über die Höhenpromenade auf sich zukommen.

Erleichtert atmete er auf.

Sein Freund kam gerade richtig.

»Moin, Bent, was ist denn hier los?«, grüßte Voss und blickte irritiert auf den frei gebuddelten Kopf.

»Moin, Willem, hier liegt ein Toter.

Ermordet.«

Voss blickte ihn ungläubig an.

»Ein Mord hier bei uns auf der Insel, das gibt es doch nicht.«

»Kein gewöhnlicher Mord, Willem, der Mann wurde schwer misshandelt.

Widerlich gefoltert.

Die Täter müssen besonders abartige Typen gewesen sein.«

»Wahnsinn, hast du schon die Polizei verständigt?«

»Nein, ich habe ihn ja gerade erst entdeckt, ich rufe jetzt die Dienststelle an.«

Maartens kramte sein Handy aus der Hosentasche und sah sich dabei genauer um. Wenn der Mann am Strand ermordet wurde, musste es Spuren geben. Selbst, wenn die durch den Sand verwischt waren, etwas blieb immer. Es war Blut geflossen, Körperflüssigkeiten

8

waren ausgetreten, doch außer endlos vielen Fußabdrücken und Schleifspuren von Strandkörben, die einige Meter weiter standen, war nichts zu sehen. Vielleicht war der Tote an anderer Stelle gefoltert und dann erst hier hin gekarrt worden, ging es Maartens durch den Kopf. Das wäre eine Erklärung für das saubere Umfeld. Er sah Voss an und blickte prüfend in die Runde.

»Willem, wir lassen keinen näher herankommen. Wenn einer fragt, sagen wir, es hätte ein Unglück gegeben, das noch untersucht werden müsste.«

Dann rief er die Dienststelle der Polizei an.

2. KAPITEL

Kathrin Hansen bemerkte zufrieden, dass die beiden Männer ein gutes Stück vom Tatort entfernt auf sie warteten. Willem Voss kannte sie bereits von einem Vortrag her, den er im Inselhaus über den Dünenschutz gehalten hatte. Den Mann neben ihm hatte sie noch nicht kennen gelernt, hatte aber durch einen Kollegen von ihm gehört. Danach lebte er seit zwei Jahren als Ruheständler auf der Insel, doch wirklich interessant war, dass er vorher bei der Kripo in Hamburg Leiter der Mordkommission gewesen war. Das war ja schon was.

Sie begrüßte Voss, wandte sich danach an Maartens und stellte sich mit einem Lächeln vor.

»Kathrin Hansen, Leiterin der hiesigen Polizeidienststelle.«

Sie blickte in seine grauen, freundlichen Augen, registrierte das glatt rasierte Gesicht mit dem markanten Kinn, spürte die Ruhe, die der Mann ausstrahlte.

Er war ihr sofort sympathisch.

Ungeniert musterte Maartens die Hauptkommissarin. Er schätzte sie auf etwa Mitte dreißig, profiliertes attraktives Gesicht, blonde kurze Haare, kräftige sportliche Figur. Jeans und Sportschuhe an.

Eine Frau, die wusste, was sie wollte.

»Früher war ich hier einmal dienstlich tätig«, erklärte er, »heute habe ich das Privileg, als Ruheständler die Insel genießen zu können. Aber ich habe von Ihnen gehört, Ihre Erfolge haben die Runde gemacht.«

Maartens blickte sie forschend an.

»Was hat eine so erfolgreiche Ermittlerin hier auf die Insel verschlagen?«

Verlegen winkte Kathrin Hansen ab.

»Das mit den Erfolgen hält sich in Grenzen, ansonsten sind es die Wurzeln, die mich hierher getrieben haben.«

Sie zeigte auf den Tatort.

»Was hier passiert ist, das ist ja wohl irre. Ein eingebuddelter Toter, der vorher noch gefoltert wurde, das kann man sich ja gar nicht vorstellen. Das muss Ihnen einen ganz schönen Schreck eingejagt haben. Ich darf gar nicht daran denken, was geschehen wäre, wenn ein Feriengast oder ein Kind den Ermordeten entdeckt hätte.«

Kathrin Hansen blickte auf die Uhr und sah dann Maartens an.

»Die Pathologin schätzt, dass der Tod vor etwa fünf Stunden eingetreten ist, also so um vier Uhr heute morgen. Wobei noch unklar ist, wie der Mann gestorben ist, hier müssen wir die Obduktion abwarten. Fest steht, dass es kein Raubmord war. In der Brieftasche waren über zweihundert Euro und seine teure Schweizer Uhr hat der Tote auch noch an.«

Maartens nickte beipflichtend.

»Das spricht dafür, dass man aus ihm etwas heraus

pressen wollte. Deshalb die Folter.«

Schaudernd zog Kathrin Hansen die Schultern hoch.

»Ihm wurden ein Ohr und die Ober- und Unterlippen abgeschnitten, das muss man sich mal vorstellen, das ist doch krank.

Aber wir wissen wenigstens, wer der Mann ist.«

Maartens und Voss blickten sie fragend an.

»Lars Tiefental. Auf seiner Geschäftskarte steht, dass er Kunsthändler in Hamburg ist.«

Überrascht sah Maartens sie an.

»Tiefental aus Hamburg, das gibt es doch nicht.«

»Sie kennen ihn?«

»Persönlich nicht, aber ich kann mich an den Fall erinnern, wo der Kunsthändler vor Jahren in eine schmutzige Geschichte verwickelt war. Er hatte ein wertvolles Bild, das bei einem Einbruch gestohlen wurde, versteigern lassen. Ein Enkel der Besitzerin des Gemäldes bekam davon Wind und machte Besitzansprüche geltend. Das wirbelte damals viel Staub auf und Tiefental war stark angeschlagen«.

Nachdenklich blickte Maartens zu dem Toten hin.

»Im Kunsthandel wird derzeit mit so verrückt hohen Summen jongliert, da könnte ich mir schon vorstellen, dass dieser Fall hier mit der Szene zusammen hängen könnte. Und die Art und Weise, wie der Mann gefoltert wurde, deutet auf organisiertes Verbrechen hin. Mafia, oder etwas in dieser Richtung.«

»Na toll.«

Zerknirscht blickte Kathrin Hansen auf den Tatort.

»Sie können einem ja richtig Mut machen.«

Willem Voss zeigte auf die Leute, die auf der

Höhenpromenade standen und dem Treiben der Kriminaltechnik zusahen.

»Bei den Feriengästen wird das für ganz schöne Aufregung sorgen. Hoffentlich macht es sich nicht negativ bei den Buchungen bemerkbar.«

Zustimmend nickte Kathrin Hansen.

»Schon deshalb müssen wir den Fall schnellsten aufklären. Es kann nicht sein, dass die Feriengäste Schiss haben, morgens oder abends an den Strand zu gehen. Das wäre fatal.« Sie bemerkte den verkniffenen Ausdruck im Gesicht von Maartens und sah ihn fragend an.

»Sie haben Bedenken?«

»Bedenken nicht, aber ich gehe davon aus, dass der Kunsthändler nicht als Feriengast auf Langeoog war. Heißt, das Geschäftliches im Spiel sein könnte und dass noch was im Gange ist. Was immer das sein mag.«

Unruhig blickte Kathrin Hansen in Richtung Hafen.

»Wir müssen uns die Aufzeichnungen der Überwachungs-Kameras am Hafen und am Bahnhof ansehen. Vielleicht haben ja verdächtige Personen heute morgen mit der ersten Fähre die Insel verlassen.«

Beipflichtend nickte Maartens.

»Das ist eine gute Idee.«

»Okay, dann mal los.«

Kathrin Hansen winkte Oberkommissar Friedrichs zu sich und gab ihm entsprechende Instruktionen.

»Und Olli, nimm Maike mit, vier Augen sehen bekanntlich mehr«, rief sie ihrem Stellvertreter noch nach, bevor sie sich nochmals an Maartens und Voss wandte und sie bat, sie zu informieren, sollte ihnen in nächster Zeit etwas auffallen, das für den Fall relevant sein könnte.«

»Übrigens«, sie blickte Maartens schelmisch an.

»Wir könnten ja mal ein Bierchen zusammen trinken, dabei würde ich Ihnen etwas über die Wurzeln erzählen, die mich hierher gezogen haben. Und Ihre Abenteuer im Sumpf von Hamburg dürften ja auch recht spannend sein. Kann sein, dass ich Ihre Erfahrung schamlos ausbeuten werde.«

Maartens war über die Aufgeschlossenheit der Hauptkommissarin überrascht. Das war selten, die meisten jüngeren Leute wollten von der Erfahrung der Alten nichts hören, es langweilte sie.

»Gerne«, stimmte er zu.

»Ich freue mich.«

»Okay, dann ist ja alles klar.«

Kathrin Hansen wandte sich dem Tatort zu, nahm ihr Handy und informierte Kriminalrat Dr. Heidkamp, ihren Vorgesetzten in Wittmund, über die bisherigen Ergebnisse.

»Folterung, Mord, verbuddelt«, stöhnte Heidkamp, »das auf Langeoog, ich fasse es nicht. Wir müssen sehen, dass keine Informationen an die Öffentlichkeit gelangen. Lassen Sie weiträumig alles absperren, damit die Feriengäste fern gehalten werden.«

»Schon geschehen. Nach außen hin ist hier ein Unfall passiert, der gerade überprüft wird. Das klingt glaubhaft«, antwortete Kathrin Hansen.

»Ich denke, gegen Mittag können wir den Strandabschnitt wieder freigeben. Haben Sie schon näheres über Lars Tiefental erfahren können?«, fragte sie und hoffte, dass der Tote kein ständiger Bewohner auf Langeoog gewesen war, denn dann wäre nicht zu vermeiden, dass sein Ableben hohe Wellen schlagen würde.

»Nein, wir sind noch dabei. Ich habe veranlasst, dass sein Büro und seine Wohnung in Hamburg überprüft werden. Von einem Wohnsitz auf Langeoog ist uns jedenfalls nichts bekannt. Vielleicht gibt es aber eine Familie, die benachrichtigt werden muss.«

Familie benachrichtigen, Kathrin Hansen war heilfroh, dass diese Aufgabe an ihr vorbeigehen würde.

»Okay«, sagte sie, »dann melde ich mich, sobald die Untersuchungen hier abgeschlossen sind. Die Pathologin hat versprochen, sich den Toten heute noch im Institut vorzunehmen. Das Ergebnis mailt sie uns dann zu.«

3. KAPITEL

Es war bereits spät am Abend, als Kathrin Hansen total geschafft die Haustür aufschloss, die Schuhe abstreifte und den verlockenden Duft aus der Küche registrierte. Seit dem Morgen hatte sie nichts mehr gegessen und ihr Magen rebellierte seit Stunden. Hindrik musste geahnt haben, dass hier Soforthilfe angesagt war, für so was hatte er einen sechsten Sinn.

Ganz bei der Sache stand er am Herd und war mit der Pfanne beschäftigt. Dem Geruch nach musste es Fisch mit Dill und Knobi geben, sie tippte auf Seelachs. Leise schlich sie sich heran und umarmte ihn von hinten.

»O Gott, jetzt hätte ich bald die Pfanne fallen lassen«, sagte er überrascht.

Er stellte die Ofenhitze kleiner, nahm sie in die Arme und blickte ihr forschend in die Augen.

»So schlimm?«

»Schlimmer.«

Besorgt nickte Hindrik.

»Ich habe gehört, was passiert ist, die Sache macht bereits die Runde. Es heißt, es sei ein Unfall gewesen.

Was war es wirklich?«

Kathrin Hansen winkte ab.

»Nachher, ich brauche jetzt erst einmal eine Dusche. Wie lange dauert es noch mit dem Essen?«

»Du hast zehn Minuten.«

»Wunderbar, das passt.«

Sie gab ihm einen schnellen Kuss und steuerte das Bad an.

Frisch geduscht, angezogen mit T-Shirt und Schlabberhose, fühlte sich Kathrin Hansen um einiges wohler. Hindrik hatte auf der Terrasse den Tisch gedeckt und der Mai Abend zeigte sich von seiner schönsten Seite. Kaum Wolken am Himmel, klammerte sich das Meer an den letzten Strahlen der am Horizont versinkenden Sonne, und der Mond machte sich bereit für die Nachtwache. Mit zwei Gläser Weißwein kam Hindrik aus der Küche und setzte sich an den Tisch.

»So, jetzt wird erst einmal abgeschaltet«, bestimmte er, reichte seiner Lebensgefährtin ein Glas und stieß mit ihr an. Schweigend genossen sie das Rauschen des Meeres, hörten, wie der Wind sanft durch die Dünen strich und Kathrin Hansen wurde wieder einmal bewusst, wie sie diese Stimmung liebte. Wie richtig es gewesen war, dass sie den Job auf der Insel angenommen hatte, wenn er auch unter ihrer beruflichen Qualifikation lag. Sie dachte daran, was für ein Glück sie hatte, dass nach dem Ehe Crash, Hindrik in ihr Leben getreten war. Ein Mann, mit dem sie viel Gemeinsames hatte, auf den sie sich verlassen konnte. Tief atmete sie die salzhaltige Luft ein und blickte über die Weite des Meeres. Sie dachte an ihre Oma, die ihr dieses wunderschöne Haus vererbt hatte und die jetzt wohl sagen würde, dass sie mit Hindrik einen guten Fang gemacht hätte. Kathrin Hansen schmunzelte und bemerkte, das Hindrik sein Glas auf den Tisch stellte und meinte, er würde das Essen holen, er hätte einen Bärenhunger.

Bei lecker gebratenem Seelachs, Bratkartoffel und Bohnensalat vermied Kathrin Hansen es über den Mordfall zu reden. Hindrik berichtete über seinen Tag in dem Sonderpädagogischen Erholungsheim, das er leitete. Ein eigentlich normal abgelaufener Tag berichtete er und doch bemerkte Kathrin Hansen den Schatten, der sich über sein Gesicht legte.

»Eigentlich normal abgelaufen, aber da ist doch noch was?«, bemerkte sie und sah ihn fragend an.

Hindrik druckste herum, spürte aber, dass er damit nicht durchkam.

»Ja, stimmt«, begann er schließlich, »wir haben heute ein Anfrage aus Berlin bekommen, ob wir Flüchtlinge aus den syrischen Kriegsgebieten aufnehmen können. Traumatisierte Kinder und Jugendliche, die ohne Eltern und Familie Furchtbares durchgemacht haben. Man hat mir Bilder gemailt, die kriege ich nicht mehr aus dem Kopf.«

Sichtlich bewegt stand er auf und meinte, er würde noch etwas Wein holen. Kathrin Hansen war nicht entgangen, wie seine Stimme weggebrochen war.

»Aber wie wollt ihr das denn personell schaffen?«, fragte sie, nachdem Hindrik sich wieder an den Tisch gesetzt und Wein nachgeschenkt hatte.

»Das ist das Problem. Es fängt mit zusätzlichem Betreuungs-Personal an und hört mit Dolmetschern auf.

Es wird von dreißig bis vierzig Kindern und Jugendlichen geredet, also eine ganze Menge. Wir sollen zwar Leute bekommen, aber ich habe da so meine Bedenken. Am Anfang wird immer viel versprochen und am Ende steht man mit der Verantwortung alleine da. Die zusätzlichen Menschen müssten in unser bestehendes System integriert werden, auch etwas, das man nicht einfach mal so eben macht.«

»Und, wie hast du dich entschieden?«

Prüfend sah Kathrin Hansen ihn an, obwohl sie die Antwort bereits kannte. Hindrik war nicht der Mann, der Hilfe, die er geben konnte, verweigerte. Und in diesem Fall, wo es um junge Menschen ging, die das Schrecklichste durchgemacht hatten, das man sich vorstellen konnte, würde er niemals nein sagen.

»Ich habe eine Woche Zeit zu prüfen, ob unsere Einrichtung die Flüchtlinge betreuen kann. Wenn nicht, würde man mir Mittel zur Verfügung stellen, um das was fehlt, beschaffen zu können. Also ist im Grunde die Entscheidung schon gefallen. Und da wir vom Bund Fördermittel bekommen, wird der Träger unserer Einrichtung nicht nein sagen können.«

Hindrik nahm einen Schluck Wein, stellte das Glas auf den Tisch, rückte näher an seine Lebensgefährtin heran, legte den Arm um ihre Schulter und drückte sie an sich.

»Mach dir keine Sorgen, das kriege ich schon hin. Ich habe ein gut eingespieltes Team und wir haben einige Räume noch nicht belegt. Was die zusätzliche Unterstützung betrifft, da werde ich mit meinen Forderungen nicht geizen. Wenn wir diese Menschen aufnehmen, dann sollen sie auch optimale Bedingungen vorfinden, sie sollen hier ein Zuhause haben.

So weit es machbar ist.

Aber lassen wir dieses Thema, erzähl mal, wie es bei dir aussieht. Ich habe gehört, es gab einen Toten, den man gefoltert und eingebuddelt hat?«

Kathrin Hansen wunderte sich, dass das mit der Folterung bekannt war. Den eingebuddelten Toten hatte von den Dünen aus jeder mit einem Fernglas sehen können, aber dass er gefoltert wurde, war Insiderwissen. Da hatte einer von den Ermittlern nicht dicht gehalten. Von ihrer Dienststelle war es jedenfalls keiner, ihre Kollegen wussten, wie fuchsteufelswild sie auf Indiskretion reagierte.

»Das ist wirklich eine furchtbare Sache«, antwortete sie. »Viel wissen wir noch nicht, nur dass der Ermordete aus Hamburg kommt. Ein Kunsthändler, der möglicherweise hier geschäftlich zu tun hatte. Laut einem Zeugen war er früher mal in einer undurchsichtigen Geschichte verwickelt. Gestohlenes Bild verhökert und so. Übrigens ist dieser Zeuge der ehemalige Chef der Hamburger Mordkommission. Maartens, so heißt er, lebt jetzt im Ruhestand auf der Insel. Ein sympathischer Typ.

Aber nochmal zu dem Toten.

Es ist noch schleierhaft, wie er zu Tode gekommen ist, das wird erst die Obduktion ans Licht bringen. Aber es stimmt, er wurde grausam gefoltert und ich glaube, dass es sich nicht um einen Einzeltäter handelt. Heißt, wir müssen davon ausgehen, dass sich auf der Insel durchgeknallte Typen herumtreiben. Stell dir vor,

Feriengäste kämen solchen Leuten in die Quere.

Ich darf gar nicht darüber nachdenken.«

»Genau, das werden wir heute Abend auch nicht mehr machen«, meinte Hindrik. Verschmitzt blickte er sie an und meinte, jetzt wäre Entspannung angesagt.

Und er hätte da so einige Ideen.

Kathrin Hansen hatte dem nichts entgegenzusetzen.

4. KAPITEL

Nach einer erholsamen Nacht trat am frühen Morgen Kathrin Hansen auf die Terrasse ihres Hauses und blickte auf das Meer. Es war auflaufendes Wasser und in einer Stunde würden die Wellen den Strand erreicht haben. Möwen pickten hier und da nach Undefinierbarem und ihre hellen Schreie schwirrten durch die Luft. Sie dachte daran, dass einige Urlauber immer noch ihre Abfälle auf dem Strand liegen ließen, selbst Kunststoffteile, die für die Vögel gefährlich werden konnten.

Auf die Uhr blickend freute sie sich, dass sie noch Zeit hatte um in Ruhe frühstücken zu können. Für acht Uhr hatte ihr Chef eine Telefonkonferenz angesetzt und vorher würde sie beim Kaffee die weiteren Schritte der Ermittlungen überlegen. Sie ging in die Küche und bemerkte, dass Hindrik, der früh das Haus verlassen hatte, wenigstens gefrühstückt hatte. Sein heutiges Tagesprogramm war nicht gerade beneidenswert und sie beschloss, nicht zu spät Feierabend zu machen, damit sie das Essen zubereiten konnte.

Der Kaffee war noch nicht ganz durchgelaufen, als ihr Handy sich meldete. In einer kurzen Mitteilung teilte

Heidkamp mit, dass die Telefonkonferenz sich um eine Stunde nach hinten verschieben würde. Dann läge der Obduktionsbericht mit relevanten Fakten vor, meinte er. Auch gut, überlegte Kathrin Hansen, dann kann ich vorher noch für den Abend etwas einkaufen.

Eigentlich hasste Kathrin Hansen Telefonkonferenzen. Sie saß lieber mit den Gesprächsteilnehmern am Tisch, sah ihnen in die Augen und konnte ihre Reaktionen abschätzen. Aber es ging nicht anders, ihr Chef, Kriminalrat Heidkamp, konnte nicht wegen jeder Besprechung nach Langeoog kommen. Obwohl er eigentlich recht gerne kam, er hatte es mit ihr. Vor ihrem Job auf der Insel hatte er ihr die Möglichkeit angeboten, in den USA Lehrgänge als Profiler zu belegen. Etwas, wofür sie sich sehr begeistert hatte. Doch dann begannen die Schwierigkeiten in ihrer Ehe und sie wollte durch einen längeren Aufenthalt im Ausland die Beziehung nicht noch mehr belasten. Hatte schließlich aber auch nicht geholfen.

Letztendlich sorgte Heidkamp dafür, dass sie auf ihre Bitte hin die Dienststelle auf Langeoog übernehmen konnte. Wenn auch mit blutendem Herzen, wie er oft genug betonte.

»Es geht gleich los«, informierte Olli Friedrichs und regulierte den Lautsprecher der Freisprechanlage. Außer ihm waren noch Maike Jansen und Ava Sari anwesend.

Mein riesiges Dezernat, griemelte Kathrin Hansen im Stillen. Dann meldete sich aber auch schon das Festnetz und Heidkamp wünschte erst einmal einen schönen guten Morgen.

»Obwohl, so schön wird er nicht werden«, fiel er direkt mit der Tür ins Haus.

»Aber bevor ich anfange, gibt es bei euch was Neues?«

Kathrin Hansen informierte ihn, dass die Aufzeichnungen der Überwachungskameras am Bahnhof und Hafen keine verwendbaren Ergebnisse erbracht hatten.

»Es war viel los, jede Menge Leute sind mit der Fähre rüber nach Bensersiel. Nun gehen wir noch die Aufzeichnungen von den Hinfahrten nach Langeoog durch. Wenn der Ermordete mit der Fähre auf die Insel gekommen ist, könnten wir Glück haben. Vielleicht war er auch in Begleitung. Allerdings werden die Aufzeichnungen auf den Festplatten automatisch nach achtundvierzig Stunden gelöscht.«

»Okay.«

Heidkamp übernahm.

»Wir haben das Obduktionsergebnis.«

Sie hörten, wie ihr Chef seinen Kaffee, oder was auch immer es war, genüsslich schlürfte.

»Der macht es ja echt spannend«, entfuhr es Maike Jansen und handelte sich einen mahnenden Blick von Kathrin Hansen ein.

»Außer den Misshandlungen, die schon bei seiner Entdeckung erkennbar waren, weist der Tote Hämatome am Oberkörper auf«, berichtete Heidkamp weiter. »Er wurde so brutal geschlagen, dass mehrere Rippen gebrochen sind. Aber gestorben ist er durch Ersticken. Ihm wurden K.O.-Tropfen eingetrichtert und anschließend wurde er verbuddelt.«

Für einen Moment blieb es mucksmäuschenstill im Besprechungsraum. Jeder stellte sich den schrecklichen Tod vor, den der Mann erlitten hatte. Stellte sich vor, wie man lebend im Sand eingegraben wurde um dann qualvoll zu ersticken.

Als erste räusperte sich Kathrin Hansen und zog das Mikro näher zu sich heran.

»Hatte Lars Tiefental Familie?«, fragte sie.

»Er ist verheiratet, keine Kinder. Seit zwei Jahren lebt das Ehepaar getrennt. Seine Frau Laura lebt in Bremen, in einer Eigentumswohnung. Sie hat einen Liebhaber, der ebenfalls in Bremen wohnt. Die Kollegen haben die beiden überprüft, ihre Alibis sind offen. Beide sagen, dass sie an dem Tag, an dem Tiefental getötet wurde, bis zehn Uhr morgens in der Wohnung von ihr im Bett waren. Heißt also nichts. Beide stehen auf der Liste der Verdächtigen.«

»Wie heißt der Mann?«, wollte Kathrin Hansen wissen.

»Einen Moment.«

Sie hörten Papier rascheln, ein Schlürfen und dann musste Heidkamp sich auch noch verschluckt haben. Er keuchte ins Mikro, als wenn er am Ersticken wäre. Maike Jansen verdrehte die Augen, hielt sich aber krampfhaft zurück und verdrängte einen Kommentar.

»Borislav Kazkowski.

Freier Fotograf.

Laut seiner Einkommensteuererklärung bringt er sich mit Hochzeits- und Veranstaltungsfotos über die Runden. Seine Einnahmen dürften aber kaum die Miete decken, die für seine feudale Wohnung im Bremer

Nobelviertel Seedeich aufzubringen ist.

Aber dafür hat er Laura Tiefental.

Von zu Hause aus sehr gut begütert, deckt sie wohl den finanziellen Aufwand der beiden. Und die leben auf recht großem Fuß. Beide fahren dicke Autos, Urlaubsreisen, Golfclub, bekannt in der Schickimicki Szene.

Aber da gibt es was Interessantes.«

Wieder war das Rascheln von Papier zu hören und Maike Jansen betete, dass sie von dem nervigen Drumherum verschont blieben. Kathrin Hansen trommelte unruhig mit den Fingern auf die Tischplatte, sie ahnte, dass es mit der Ruhe auf der Insel vorbei sein würde.

»Wegen Hehlerei stand dieser Borislav Kazkowski vor zwei Jahren vor Gericht. Ihm wurde vorgeworfen, ein als gestohlen verzeichnetes Bild einem privaten Sammler angeboten zu haben. Nur hatte er das Pech, an einen ehrlichen Menschen geraten zu sein. Dieser recherchierte im Art Loss Register und fand das Bild auf der Liste. Gestohlen vor vier Jahren bei einem Einbruch in Frankfurt. Kazkowski blieb steif und fest dabei, das Bild auf einem Flohmarkt gekauft zu haben. Das Gericht nahm ihm das nicht ab und er bekam eine Geldstrafe von dreitausend Euro. Dem ursprünglichen Besitzer wurde das Bild zurückgegeben.«

»Hm«, Kathrin Hansen malte zwei Kreise auf ihrem Schreibblock, schrieb die Namen Tiefental und Kazkowski hinein und malte noch einen Kreis mit einem großen Fragezeichen.

»Also gibt es Parallelen«, äußerte sie sich.

»Parallelen zwischen dem Kunsthändler Tiefental, der auch schon mal im Verdacht der Hehlerei stand und Kazkowski, derzeitiger Geliebter seiner Frau.«

»Eigentlich schon zu offensichtlich, um verdächtigt zu sein«, ließ sich Heidkamp vernehmen.

»So einfach kann es nicht sein.«

»Was hat die Durchsuchung des Büros und der Wohnung von Tiefental ergeben?«, hakte Kathrin Hansen ein.

»Nichts, das uns weiter bringt«, knurrte Heidkamp. »Geschäftlich hat Tiefental mit einigen Auktionshäusern zusammen gearbeitet. Die Kunstgegenstände, die er versteigern ließ, sind bezüglich ihrer Herkunft beglaubigt, die Ein- und Ausgaben wurden ordentlich verbucht und versteuert.

Also optisch alles bestens.

Nicht optisch bestens kann natürlich vieles gelaufen sein. Denken wir an Hehlerei von Raubkunst, an Geschäfte unter der Hand ohne Finanzamt, Geldwäsche und was weiß ich noch alles. Der Kunstmarkt ist wie ein Pudding, den bekommt man nicht zu fassen.«

»Trotzdem geht mir die Verbindung zwischen der Frau des Ermordeten und diesem Fotografen nicht aus dem Kopf«, meinte Kathrin Hansen. »Wir brauchen umgehend die Fotos der beiden.«

Sie blickte zu Friedrichs hin.

»Es tut mir Leid, Olli, du musst dir mit Maike nochmals die Aufzeichnungen der Kameras ansehen. Möglicherweise sind ja Laura Tiefental und ihr Lover doch nicht in Bremen gewesen, sondern haben sich auf der Insel herumgetrieben.«

Ohne auf das Murren von Friedrichs zu achten, wandte sie sich wieder dem Mikrofon zu.

»Ich würde vorschlagen, dass der Hintergrund dieses Kazkowski überprüft wird. Ich kann mir nicht helfen, aber irgendetwas stimmt nicht in der Persil weißen Darstellung seiner beruflichen Tätigkeit.

Da könnte mehr sein.«

»Denken Sie daran, dass Tiefental gefoltert wurde«, gab ihr Chef zu bedenken.

»Ich kann mir nur schwer vorstellen, dass seine Frau und ihr Lover als Täter in Frage kommen. Aber gut, ich werde beide überprüfen lassen. Sollte es Ergebnisse geben, werden die sofort an Sie weitergeleitet«, versprach er.

»Aber jetzt muss ich Schluss machen, ich habe gleich noch ein Meeting.«

Damit legte er auf.

5. KAPITEL

Stinksauer las Kathrin Hansen die reißerische Titelzeile im Insel Report:

„Brutaler Foltermord auf Langeoog."

Der Untertitel war auch nicht besser:

„Sind die Feriengäste auf der Insel noch sicher?"

»Haben die in der Redaktion noch alle Tassen im Schrank?«, schimpfte Kathrin Hansen und blickte aufgebracht zu Ava Sari hin, die den Telefonhörer in der Hand hielt.

»Ist denen eigentlich bewusst, was sie mit dem Artikel anrichten?«

Ava Sari hob verzweifelt die Hände.

»Hier geht permanent das Telefon. Die Leute wollen wissen, ob der Täter schon gefasst ist, ob sie ihre Kinder wieder laufen lassen können. Ob sie sich ohne Gefahr an den Strand oder ins Pirola Tal aufmachen können.

Ich weiß nicht, was ich denen sagen soll.«

Kathrin Hansen konnte es nicht fassen, dass um der Sensation Willen ein dermaßen unverantwortlicher Zeitungsartikel veröffentlicht wurde. Dabei war der Redaktionsleiter ein Mann, der um die Ruhe und Zufriedenheit der Feriengäste bemüht war. Mit ihm war sie immer prima ausgekommen.

Entschlossen griff sie zum Telefon.

»Insel Report, Ina Süßkind«, piepste eine helle Mäuschenstimme.

»Was kann ich für Sie tun?«

»Ihren Redaktionsleiter Karl Peters bitte«, sagte Kathrin Hansen kurz angebunden.

»Der ist in Rente«, meinte das Mäuschen.

»Unser neuer junger Chef ist Freddy Voss. Wenn Sie mir Ihren Namen und Ihr Anliegen verraten, werde ich sehen, ob er für Sie zu sprechen ist.«

Offensichtlich war nicht nur der Redaktionsleiter neu, sondern auch die Frau am Telefon. Kathrin Hansen kannte sie jedenfalls nicht. Und dass sie erwähnt hatte, einen jungen Chef zu haben, kam auch nicht von ungefähr. Vielleicht lief da was zwischen den beiden.

»Polizeidienststelle Langeoog, Kathrin Hansen, Ihr Chef ist bestimmt für mich zu sprechen.«

»Ich verbinde«, klang es verhalten aus dem Hörer.

»Moin, wie kann ich der Gesetzeshüterin von Langeoog helfen?«, gab eine schleimige Stimme von sich.

Am liebsten hätte Kathrin Hansen sofort wieder aufgelegt.

»Indem Sie nicht einen so unverantwortlichen Artikel veröffentlichen«, kam sie stattdessen direkt zur Sache.

»Ist Ihnen eigentlich bewusst, was Sie angerichtet haben?«

»Aber, aber, Frau Hauptkommissarin, nun sehen Sie das mal nicht so einseitig. Als modernes Informationsmedium haben wir der Bevölkerung gegenüber eine gewisse Verantwortung.«

Kathrin Hansen glaubte es nicht. So beschränkt konnte der Mann doch gar nicht sein.

Sie würde ihn festnageln.

»Woher wollen Sie überhaupt wissen, dass es ein Mord war und auch noch in Verbindung mit Folter?

Es gab noch keine Pressekonferenz.«

»Das weiß doch mittlerweile jeder auf der Insel«, meinte Voss.

»Jetzt bewegen Sie sich aber auf ganz dünnem Eis«, preschte Kathrin Hansen vor.

»Was die Leute erzählen, ist die eine Sache, aber was Sie in Ihrer Zeitung als Tatsache veröffentlichen, unterliegt einer gewissen Verpflichtung der Wahrheit gegenüber.

Also, woher wollen Sie die Informationen her haben?«

Es blieb einen Moment ruhig, der Redaktionsleiter wusste offensichtlich nicht, wie er die Situation für sich entscheiden konnte.

»Informanten Schutz«, quetschte er schließlich heraus. »Es tut mir Leid, aber ich kann Ihnen meinen Informanten nicht nennen.«

Sie hatte es geahnt, es gab eine undichte Stelle, und die würde sie finden, das schwor sie sich.

Aber sie musste dem Mann Feuer unter dem Hintern machen und sei es nur, damit er in Zukunft besonnener agierte.

»Aufgrund Ihrer Panikmache Herr Voss, steht das Telefon in unserer Dienststelle nicht mehr still. Wir haben eine Warteschleife wie bei der Telekom. Einige verängstigte Feriengäste reisen schon ab und es werden nicht die letzten sein. Das wird auf der Insel nicht mit Wohlgefallen registriert. Sie haben in Ihrem Blatt doch feste Abonnenten aus Langeoog, ich könnte mir vorstellen, dass die es sich überlegen werden, weiterhin eine Zeitung zu unterstützen, die sie schädigt. Und wundern Sie sich nicht, wenn ihre Verkaufszahlen zurückgehen.

Ihre Leser reisen ab.«

Dann legte sie auf.

Ava Sari hob den Daumen und signalisierte, dass der Typ von der Zeitung sein Fett abbekommen hatte. Sie nahm eine ausgedruckte Mail und reichte sie Kathrin Hansen.

»Hier haben wir die Fotos von Laura Tiefental und diesem Fotografen. Eigentlich machen die beiden einen recht passablen Eindruck. Die fünfzehn Jahre, die der Mann jünger ist, sind allerdings nicht zu übersehen. Die Interessen der beiden dürften eindeutig sein. Er bumst sie und sie hält ihn aus.«

Konzentriert las Kathrin Hansen den Text, den ihr Chef gemailt hatte. Danach stand Lars Tiefental geschäftlich kurz vor dem Aus. Seine Hausbank forderte die Deckung des weit überzogenen Geschäftskredites. Tiefental hatte um Aufschub gebeten, er wäre kurzfristig nicht liquide, so seine Antwort.

»Sieh an«, murmelte Kathrin Hansen, »seine Ehefrau brennt nicht nur mit einem Liebhaber durch, sondern entzieht ihrem Mann auch ihre finanzielle Unterstützung.«

»Und das könnte ein Grund sein, dass Lars Tiefental

es wieder mit Hehlerei versucht hat, um schnelles Geld zu machen. Um aus seiner finanziellen Misere heraus zu kommen«, meinte Olli Friedrichs, der in den Raum gekommen war.

»Könnte sein, Olli«, stimmte Kathrin Hansen zu, »aber was hat der Kunsthändler hier auf der Insel gemacht? Das müssen wir herauskriegen, dann wird sich so einiges klären.

Aber jetzt weiter.«

Sie nahm die Fotos und gab sie Friedrichs und Maike Jansen.

»Seht euch zuerst die Aufzeichnungen der Kameras an, bevor die gelöscht werden. Danach klappert ihr die Hotels und Kneipen ab. Wenn das Pärchen hier auf Langeoog war, müssen sie ja irgendwo untergekommen sein. Ich glaube nicht, dass sie eine Ferienwohnung hatten, in der sie sich um alles selbst kümmern mussten.«

»Und wenn einer von ihnen hier Eigentum hat?«, meinte Maike Jansen.

»Könnte auch sein, deshalb springt noch kurz beim Einwohnermeldeamt vorbei und seht nach.«

»Springt noch kurz vorbei«, knurrte Friedrichs, »ich komme mir vor wie beim Insel Marathon.«

Grinsend tippte seine Kollegin Maike Jansen auf seinen Bauchansatz.

»Ist doch super Olli, so kriegst du auf Dienstkosten deinen Winterspeck weg.«

Mit ihren Gedanken bei dem Mordfall ging Kathrin Hansen am Inselhaus vorbei zur Barkhausenstrasse. Sie hoffte, für den Abend beim Weinhändler einen trockenen Weißwein von der Mosel zu bekommen. Sie trank gerne diesen leichten, würzigen Wein.

Im Geschäft wurde bereits ein Kunde bedient und überrascht begrüßte sie Bent Maartens.

»Das ist aber schön, Sie hier zu treffen«, meinte sie.

Auch Maartens war die Freude anzusehen und spontan lud er sie zum Tee ein.

Erst wollte Kathrin Hansen ablehnen, doch dann sagte sie zu. Auf eine halbe Stunde kam es nicht drauf an. Gegenüber vom Weinhändler steuerten sie die *Teekanne* an, bekannt für den besten Tee auf Langeoog. Maartens bestellte zwei Portionen Ostfriesen Tee nach Art des Hauses.

Prüfend blickte er die Hauptkommissarin an und bemerkte die dunklen Schatten unter ihren Augen.

Schatten, die nicht aufgemalt waren.

»Läuft nicht so super bei Ihnen?«, sagte er ohne Umschweife.

»Ach«, sie winkte ab.

»Die Ermittlungen im Mordfall entwickeln sich. Sie wissen ja wie das so ist. Aber was mich ärgert, ist die Reaktion der Zeitung. Mit ihrem reißerischen Artikel verängstigen sie die Urlauber und auf der Dienststelle steht das Telefon nicht mehr still.«

»Ja, das kenne ich.«

Maartens nippte bedächtig an dem heißen Tee.

»In meiner Dienstzeit war ich auch manchmal sauer auf die Berichterstattungen. Neben guten Redakteuren gab es leider auch schwarze Schafe, denen die Auflage ihres Blattes wichtiger war als ihre Verantwortung der

Öffentlichkeit gegenüber. Leider wird das auch nicht besser. Kommen Sie wenigstens mit den Ermittlungen voran?«

»Nun, wir wissen jetzt, dass der Kunsthändler von seiner Frau getrennt lebte. Laura Tiefental, so heißt sie, ist mit einem wesentlich jüngeren Mann liiert. Sie leben in Bremen. Ziemlich feudal. Sie finanziert das Ganze.«

»Was macht er?«

»Er ist Fotograf mit augenscheinlich geringem Einkommen und stand einmal wegen Hehlerei vor Gericht.«

Kathrin Hansen presste etwas Zitrone in den Tee und rührte nachdenklich um.

»Das kann Zufall sein«, meinte Maartens. »Sollte jedoch näher überprüft werden.«

»Geschieht bereits.

Und wir prüfen, ob Laura Tiefental und dieser Kazkowski zu dem Zeitpunkt, an dem der Mord passiert ist, auf Langeoog waren.«

Maartens nickte.

»Möglich ist alles.«

Dann erzählte er einige Beispiele aus seiner Zeit bei der Hamburger Mordkommission, in denen die Täter aus der Familie oder näherem Umfeld kamen. Statistisch stellten Beziehungstäter den weitaus größten Teil, erklärte er.

Das Handy von Kathrin Hansen unterbrach ihr Gespräch. Sie hörte kurz zu und meinte, sie wäre in wenigen Minuten da.

»Tja, tut mir Leid«, sagte sie zu Maartens, »ich muss zur Dienststelle.«

»Kein Problem, für mich wird es auch Zeit, wir haben zum Mittagessen Gäste. Ein alter Freund mit seiner Frau aus Hamburg. Er ist noch im aktiven Dienst bei der dortigen Kripo.«

6. KAPITEL

Triumphierend wedelte Maike Jansen mit einem Blatt Papier, das sie in der Hand hielt.

»Wir haben Sie!

Sie haben im Deichkrug gewohnt. Mindestens zweimal im Monat für ein langes Wochenende.«

Fragend sah Kathrin Hansen sie an.

»Laura Tiefental und ihr Lover«, erklärte Maike Jansen.

»Das Hotel Deichkrug ist sozusagen ihr Liebesnest. Seit etwa drei Jahren, also schon bevor Laura Tiefental sich von ihrem Mann trennte, trafen die beiden sich dort. Sie wohnten immer in der Dünensuite mit Meerblick.«

»Und wie war das in dem Zeitfenster, in dem Tiefental ermordet wurde?«

Bedauernd schüttelte Maike Jansen den Kopf.

»Leider nein. Es wäre auch zu schön gewesen.«

Kathrin Hansen winkte ab.

»Okay, aber das bedeutet nicht, dass sie nicht trotzdem auf der Insel waren. Was haben die Aufzeichnungen der Überwachungskameras ergeben?«

»Ebenfalls negativ.

Aber Erinnerung«, Maike Jansen zeigte auf die Wanduhr, »nach achtundvierzig Stunden werden die Aufzeichnungen gelöscht. Also alles, was sich vorher abgespielt hat, ist weg.«

Kathrin Hansen überlegte, an welchem Tag die Täter auf die Insel gekommen sein mussten, um nicht mehr in den Aufzeichnungen zu erscheinen, als das Festnetz sich meldete. Ava Sari nahm den Anruf entgegen und gab dann weiter an Kathrin Hansen.

»Heidkamp hier, wir haben was gefunden«, meldete sich ihr Chef aus Wittmund.

»Lars Tiefental hatte an dem Tag, an dem er getötet wurde, einen Termin auf der Insel. Mit einem Bodo Onno, Export-Import. War reiner Zufall, dass ein Techniker, der die Festplatte des Firmen-Computers scannte, auf diese Eintragung gestoßen ist.«

»Super, einen Moment bitte, ich höre mal rund.«

Hoffnungsvoll blickte Kathrin Hansen die Kollegen an.

»Sagt euch ein Bodo Onno, Export-Import, hier auf Langeoog was?«

Eindeutiges Verneinen.

»Person und Firma sind uns nicht bekannt«, gab sie an Heidkamp weiter.

»Okay, ist ja auch schon etwas merkwürdig«, meinte er. »Export-Import bei euch auf Langeoog, womit soll der Laden denn seine Brötchen verdienen?«

In Zeiten des Onlinehandels sah Kathrin Hansen das zwar anders, hielt ihre Meinung aber zurück.

»Haben Sie zufällig auch die Adresse?«, fragte sie.

»Leider nein, aber das dürfte auf eurer riesigen Insel

38

ja kein Problem sein«, frotzelte Heidkamp. »Klärt mal vorsichtig ab, was es mit dieser Firma auf sich hat. Aber keinen direkten Kontakt, die sollen nicht merken, dass wir sie auf dem Kicker haben.«

Wie zwei Urlauberinnen schlenderten die beiden Frauen über den Süderdünenring und näherten sich dem Backsteingebäude, das fast am Ende der Bebauungszone lag. Aufmerksam musterte Kathrin Hansen die Vorderfront, suchte nach einem Hinweis, dass es dort eine Firma gab.

Nichts.

Auf einer Keramiktafel standen lediglich die Hausnummer und klein darunter der Name Bodo Onno. Alles wirkte diskret und das Haus, Kathrin Hansen schätzte, dass es nicht älter als zehn Jahre sein konnte, dürfte in seiner komfortablen Ausführung richtig viel gekostet haben. Blütenweiße Scheibengardinen und eine typisch ostfriesische Haustür ließen ahnen, dass der Besitzer sich Ostfriesland verbunden fühlte. Davon zeugte auch die gepflegte Außenanlage, die professionell mit einer der Insel angepasste Vegetation angelegt war.

»Tolles Anwesen«, äußerte sich Maike Jansen.

»So könnte ich auch leben.«

»Wenn dieser Onno eine Firma hat«, meinte Kathrin Hansen, »dann ist er einer von denen, die von zu Hause aus arbeiten. Durch die neuen Möglichkeiten der Kommunikation ist das ja auch kein Problem mehr. Bei Export-Import Geschäften durchaus üblich.«

»Also gibt es auf den ersten Blick nichts

Verdächtiges«, stellte Maike Jansen fest.

»Und was machen wir jetzt?«, fragte sie, als in dem Moment ein Mann das Haus verließ. Etwa um die fünfzig, schätzte Kathrin Hansen. Mittelgroße, schlanke Figur, schwarzes, bis auf die Schulter fallendes Haar, ausgeprägte Gesichtszüge. Südländischer Typ. Er trug einen modisch geschnittenen hellen Anzug, ein am Kragen offen stehendes weißes Oberhemd und hatte Timberlands an den Füßen. Was Kathrin Hansen aber fesselte, war der schwarze, breitkrempige Hut, den der Mann trug.

»Ich werde verrückt«, murmelte sie, »das kann doch kein Zufall sein.«

Sie beobachtete wohin der Mann ging, fasste Maike Jansen am Arm und auf Abstand bedacht folgten sie ihm. Als sie in die Kirchstraße einbogen, bestätigte sich ihre Vermutung. Der Fremde betrat das Bankgebäude und Kathrin Hansen dachte, dass er von Online Banking anscheinend nichts hielt. Etwas, das sie und ihr Lebensgefährte auch nicht praktizierten.

Nach wenigen Minuten verließ der Mann das Gebäude und ging zurück zum Süderdünenring.

»Ich höre mal eben nach«, sagte Kathrin Hansen und verschwand in der Bank. Am Schalter stand Elke Pott und füllte ein Formular aus. Das traf sich gut, Elke und sie waren gut bekannt. Im Winter trafen sie sich beim Yoga.

»Moin Elke«, grüßte sie. »Ich habe dich von draußen gesehen und da hier nichts los ist, wollte ich nur mal kurz rein schauen. Wie ist es zu Hause, was macht die Kleine und dein Mann?«

Elke Pott winkte ab.

»Gerade nicht die Hochstimmung. Die beiden quälen sich mit einem Magen-Darm-Virus ab. Scheint derzeit mal wieder die Runde zu machen. Hat Hindrik in seinem Erholungsheim nichts davon abbekommen?«

»Nein, zum Glück nicht. Können wir auch gerne drauf verzichten.«

In dem Moment sah Kathrin Hansen, dass ein Kunde in die Bank kam und auf sie zusteuerte.

»Elke, ich glaube, du bekommst Kundschaft, ich bin dann mal wieder weg. Ach übrigens, der Mann, der eben die Bank verlassen hat, der mit dem breiten schwarzen Hut, der kam mir irgendwie bekannt vor. War das ein Prominenter, ein Schauspieler oder so was in der Art?«

»Nein«, lachte Elke Pott, »das war Bodo Onno, ein hiesiger Kunde. Aber du hast recht, der wirkt schon etwas extravagant.«

Mit dem Feierabend war es mal wieder später geworden als sie geplant hatte. Hindrik konnte jeden Moment kommen und Kathrin Hansen beschloss, dass es heute bei kalter Küche bleiben würde. Zum Glück hatte sie am Morgen einige Scheiben geräucherten Lachs und ein Stangenbrot gekauft. Dazu der weiße trockene Moselwein, das passte. Gerade hatte sie den Tisch gedeckt, als Hindrik herein kam und sie strahlend in die Arme nahm.

»Na, du musst ja einen guten Tag gehabt haben«, sagte sie und blickte ihn forschend an.

»Habe ich tatsächlich.«

Er sah die Weingläser und den Lachs auf dem Tisch

und meinte, genau an so was hätte er auch gedacht.

»Na, da habe ich ja mal wieder richtig Glück gehabt«, schmunzelte Kathrin Hansen.

Sie setzten sich an den Tisch und Hindrik schenkte Wein ein. Nach einem Blick auf das Etikett nickte er anerkennend und sah Kathrin Hansen an.

»Stell dir vor, die Sache mit den Flüchtlingen hat sich richtig gut entwickelt. Ich bekomme nicht nur zusätzliches Personal, sondern auch ein Budget, das ausreicht, die längst fällige Sanierung des Erholungsheims in Auftrag zu geben. Das Okay habe ich bereits telefonisch vorab vom Kultusministerium aus Berlin bekommen. Der Staatssekretär war sichtlich erleichtert, dass wir uns bereit erklärt haben, die zusätzliche Belastung zu übernehmen. Flüchtlingshilfe steht ja derzeit ganz oben auf der Agenda der Bundesregierung.«

»Na, das ist doch super«, freute sich Kathrin Hansen, »darauf stoßen wir an.

Prost.«

»Und wie war es bei dir?

Bist du in dem Mordfall weitergekommen?«, wollte Hindrik wissen.

»Schwarzer Hut!«

»Hört sich doch gut an«, meinte er und blickte sie fragend an.

»Mir laufen schon den ganzen Tag schwarze Hüte nach«, stöhnte Kathrin Hansen.

»Einmal liegt da so ein Ding auf einem Sandhügel, unter dem ein Mensch qualvoll zu Tode kam und dann wird ein solcher Hut von einem Mann spazieren getragen, der möglicherweise den Ermordeten kannte.

Ist doch irre, oder?«

»Hüte sind selten Einzelstücke«, gab Hindrik zu bedenken.

»Die extravagante Ausführung, die hier vorliegt, ist keine Massenware«, erklärte Kathrin Hansen.

»So ein ausgefallenes Modell bekommst du nur in wenigen exklusiven Geschäften zu kaufen. Wird auch nicht ganz billig sein.«

»Und du denkst, da gibt es eine Verbindung?«

Zweifelnd blickte Hindrik sie an.

»Es wird doch kein Täter so dumm sein, sich selbst in Verdacht zu bringen.«

Bevor Kathrin Hansen antworten konnte, brummte ihr Handy. Im Display erschien ein Langeooger Anschluss.

»Bent Maartens hier, störe ich?«

»Das ist ja eine Überraschung«, antwortete Kathrin Hansen.

»Nein, Sie stören nicht.«

»Gut.

Ich rufe an, weil es für Ihre Ermittlungen wichtig sein könnte. Heute Mittag waren ja mein alter Kollege Kurt Lüppertz und seine Frau bei uns zum Essen eingeladen. Lüppertz ist noch aktiv bei der Hamburger Kripo tätig, er ist dort Leiter des Raubdezernates. Wir kamen natürlich auf den Mordfall hier auf der Insel zu sprechen und Lüppertz sagte, dass er deshalb von den Kollegen aus Wittmund Anfragen bekommen hätte.

Anfragen unter anderem über Borislav Kazkowski, Geliebter von Laura Tiefental. Und bei dem, was

Lüppertz mir dann erzählt hat, bin ich fast vom Stuhl gefallen.«

Kathrin Hansen fiel nicht vom Stuhl, aber sie platzte vor Spannung. Sie machte Hindrik ein Zeichen und nahm schnell einen Schluck Wein.

»Stellen Sie sich vor«, berichtete Maartens weiter, »dieser Fotograf Kazkowski steht in dem Verdacht, einem Raub- und Hehler Ring anzugehören, wenn er nicht sogar der Kopf ist, der dahinter steht. Nach außen hin plant Kazkowski einen Bildband über Ostfriesische Herrenhäuser. Er wählt die Objekte aus und die Eigentümer sind im Normalfall von dem Projekt angetan und öffnen ihm Tür und Tor.

So weit so gut.

Weniger gut ist, dass Monate später in mehreren Häusern, in denen Kazkowski fotografiert hatte, eingebrochen wurde. Und immer, wenn die Hausbewohner längere Zeit nicht da waren. In den Gesprächen mit ihnen haben alle bestätigt, dass sie mit Kazkowski über Urlaubspläne und so weiter gesprochen haben. Wie das nun mal so ist, wenn man über Gott und die Welt redet.

Gestohlen wurden Schmuck und Kunstgegenstände. Und die Beute tauchte nirgendwo auf. Das bedeutet, dass sie unter der Hand Sammlern angeboten wurde oder ins Ausland verschwand. Russland, Asien, weiß der Kuckuck wohin. Wo kein Hahn nach der Herkunft kräht. Und die Kollegen sind sich sicher, dass Kazkowski dahinter steckt, konnten ihm aber bisher nichts nachweisen.«

»Wahnsinn, das könnte eine Spur sein«, meinte

Kathrin Hansen. »Das muss ich jetzt erst mal sacken lassen.«

»Tun Sie das und wenn ich noch etwas hören sollte, melde ich mich wieder«, versprach Maartens und wünschte noch einen schönen Abend.

7. KAPITEL

»Leute, es könnte sein, dass uns die Geschichte über den Kopf wächst.«

Ernst blickte Kathrin Hansen in die Runde und klebte dann auf einem Bogen Papier, den sie auf den Schrank mit Tesafilm befestigt hatte, das Foto des ermordeten Lars Tiefental. Daneben zeichnete sie einen Pfeil und schrieb daran den Namen Bodo Onno.

»Fest steht, das Tiefental und Onno ein Date hatten, ein Treffen, an dem Tiefental nicht mehr teilnehmen konnte.

Fest steht, dass die Frau von Tiefental mit dem Fotografen Borislav Kazkowski ein Verhältnis hat. Wohnen aber getrennt.

Fest steht weiterhin, dass sowohl Lars Tiefental wie auch Kazkowski unter dem Verdacht der Hehlerei standen, beziehungsweise Kazkowski noch steht. Da komme ich gleich zu.«

Kathrin Hansen schrieb den Namen Borislav Kazkowski ganz oben auf das Papier.

»Frage ist, ob Onno mit seiner Export-Import Firma sauber ist. Oder ob er verhökert hat, was Tiefental und Kazkowski ihm angeschleppt haben, dass er ein Hehler ist. Export-Import als Deckmäntelchen wäre da gar nicht so schlecht.

Kommen wir zu Kazkowski.«

Kathrin Hansen zog um den Namen Kazkowski einen Kreis.

»Der Mann steht bei den Kollegen in Hamburg mächtig im Fokus.« Sie berichtete, was sie am Abend von Maartens gehört hatte.

»Wenn die gezielten Einbrüche in den Nobelhäusern auf sein Konto gehen, ist Kazkowski ein hochrangig Krimineller. Aber auch ein Mann, der sich gut verkaufen kann. Er pflegte Kontakte mit den Besitzern der Häuser und das sind Leute mit Niveau und sicherlich auch sehr kritisch.«

»Aber Kathrin«, unterbrach Friedrichs sie, »der Typ lebt doch gut auf Kosten von Laura Tiefental. Der hat das doch gar nicht nötig.«

»Genau das Olli, könnte der Trick sein. Und dann gibt es noch etwas, das mir nachläuft.«

Sie blickte Maike Jansen an.

»Maike, du hast gestern morgen doch auch gesehen, dass dieser Onno mit so einem schwarzen, breitkrempigen Hut durch den Ort marschiert ist. Mit einem Hut, der genau so aussieht wie der, den wir auf dem Sandhügel gefunden haben.«

In den Gesichtern las Kathrin Hansen bereits die Meinung ihrer Leute.

»Ich weiß, ihr denkt, Hüte gibt es viele, aber etwas sagt mir, dass was nicht koscher ist. Ich glaube nicht an den Zufall, dass es bei uns mehrere Leute mit so einem ausgefallenen Hutgeschmack gibt.

Nicht hier und jetzt auf der Insel.«

Sie blickte Ava Sari an.

»Ava, wir müssen den Bericht von der Kriminaltechnik haben. Da muss doch was über die Sachen des Toten drin stehen. Ruf die Kollegen in Wittmund an, dass sie uns den Bericht heute noch mailen.«

»Okay, mache ich sofort.«

Während Ava Sari in den Nebenraum ging, tippte Kathrin Hansen mit dem Finger auf den Namen Bodo Onno.

»Den müssen wir uns vornehmen. Wir haben ja den Aufhänger, dass sein Name im Computer von Lars Tiefental aufgetaucht ist. Nach dem ersten Eindruck können wir ihn dann näher überprüfen. Einkünfte, Vermögen, Strafregister, das ganze Programm.«

Sie wollte näher darauf eingehen, als Ava Sari zurückkam. Sofort bemerkte Kathrin Hansen, dass etwas nicht stimmte. Ava Sari stand nahe am Wasser, das war deutlich zu sehen.

»Was hat sich ergeben?«, fragte sie.

»Morgen bekommen wir den Bericht. Vielleicht«, murmelte Ava Sari.

»Wieso erst morgen und wieso vielleicht?«

Kathrin Hansen bemerkte, wie sich Wut in ihr aufbaute.

»Der Kollege meinte, die Flaschenpost an uns ginge erst morgen ab. Wir könnten mit dem Bericht sowieso nichts anfangen und sollten weiter Muscheln sammeln.«

Bohrend blickte Kathrin Hansen in die Augen von Ava Sari.

»Aber das war noch nicht alles, heraus damit.«

Die zierliche Thailänderin blickte ihre Chefin mit verschleiertem Blick an.

Druckste herum.

»Er wollte mich treffen, um es mir mal ordentlich zu besorgen. Als Thai stände ich ja auf so was, meinte er.«

Ungläubig blickte Kathrin Hansen sie an. Es war nicht das erste Mal, dass Ava Sari angemacht wurde, es hatte sich aber immer in Grenzen gehalten. Das hier konnte sie unmöglich ignorieren. Sie ging zu ihr hin, nahm sie in die Arme und drückte sie.

»Du wirst dir doch wegen solch einem hirnlosen Arschloch keine Gedanken machen.

Wer war der Typ?«

»Kathrin lass, es ist schon gut.«

»Name?«

Ava Sari druckste herum und nannte schließlich den Namen des Wittmunder Kollegen.

Kathrin Hansen verschwand in ihr Büro und griff nach dem Telefonhörer.

»Polizeidienststelle Langeoog, geben Sie mir Fred Trotzki«, bat sie die Vermittlung.

»Ich habe doch gesagt, die Flaschenpost geht erst morgen ab«, nuschelte eine schleimige Stimme.

»Und ich komme gleich rüber, schneide Ihnen den Schwanz ab, stecke ihn in die Flaschenpost und adressiere sie an den Zoo«, antwortete Kathrin Hansen.

»Da gibt es Viecher, die mickrige Schwänze zum Frühstück fressen. Und wenn Sie mir nicht innerhalb einer Stunde den Bericht der KTU mailen, werde ich Ihr sexistisches Verhalten dem Polizeipräsidenten

49

persönlich melden.«

Dann legte sie auf.

Mit freundlicher Miene öffnete ihnen Bodo Onno die Tür. Er musterte sie ungeniert und fragte, was er für sie tun könnte. Kathrin Hansen zeigte ihren Dienstausweis und stellte Friedrichs als ihren Kollegen vor.

»Es geht um den Tod von Lars Tiefental«, erklärte sie. »Wir müssen da was klären. Dürfen wir herein kommen?«

Kurz verharrte Onno, bat sie dann aber herein.

Der feudale Eindruck, den das Haus von außen machte, setzte sich im Innern fort. Der Boden war belegt mit dunklem Schiffsboden, aufgelockert durch vereinzelt liegende helle Teppiche. Auf den weiß verputzten Wänden sah Kathrin Hansen Radierungen in schlichten Rahmen hängen und sie hätte gewettet, dass es sich um Originale handelte. Eingerichtet mit modernen, bequem aussehenden Möbeln, strahlte das Haus eine angenehme Atmosphäre aus. Alles war gradlinig, ohne überflüssigen Schnickschnack.

Der Hausherr führte sie in so was wie ein Besucherzimmer und bat sie, sich zu setzen.

»Saft oder lieber ein Wasser?«, fragte er und wandte sich den Gläsern auf dem Tisch zu.

Kathrin Hansen winkte ab.

»Vielen Dank, wir wollen Sie nicht lange aufhalten. Sie kennen Lars Tiefental?«, kam sie direkt zur Sache.

Überrascht sah der Mann sie an.

»Tiefental sagten Sie?

Doch ja, ich erinnere mich. Das ist ein Kunsthändler

in Hamburg, glaube ich. Persönlich kenne ich ihn allerdings nicht«, antwortete Onno ohne zu zögern.

»Das ist ja merkwürdig.«

Abschätzend blickte Kathrin Hansen ihm in die Augen.

»Sie hatten doch gestern einen Termin mit ihm.«

Entweder war Onno ein guter Schauspieler oder er war wirklich überrascht.

»Was?

Das wüsste ich aber.

Nein, unmöglich.«

»Wie erklärt es sich dann, dass dieser Termin im Computer von dem Kunsthändler vermerkt war?«, bohrte Kathrin Hansen nach.

Onno zuckte mit den Achseln.

»Möglicherweise hatte der Mann ja ein solches Treffen vorgehabt. Vielleicht wollte er ein Geschäft mit mir machen und auf gut Glück vorbeikommen. Hätte dann allerdings Pech gehabt, weil ich Termine nur nach Vereinbarung mache.«

»Wo waren Sie gestern morgen zwischen vier und acht Uhr?«, fragte Kathrin Hansen. Als sie sah, wie sein Gesicht rot anlief, hob sie beschwichtigend die Hand.

»Ich muss Sie das fragen, genau wie viele andere auch.«

»Im Bett, alleine«, knurrte Onno.

»Aber warum fragen Sie das alles, ist etwas passiert?«

»Sie handeln mit Export-Import, haben Sie auch mit Kunst zu tun?«, überging Olli Friedrichs seine Frage.

Scharf sah ihn Onno an.

»Meine Geschäfte stehen hier nicht zur Debatte.«

Er sah auf die Uhr und stand auf.

»Es tut mir Leid, aber ich habe gleich eine Videokonferenz mit chinesischen Geschäftspartnern. Die Übertragung wird pünktlich geschaltet.«

Kathrin Hansen gab Friedrichs einen Wink und dankte Onno, dass der Punkt mit dem Termin zwischen ihm und Tiefental geklärt sei. Sie reichte ihm ihre Karte und bat ihn, sollte ihm noch etwas einfallen, möchte er sie doch anrufen.

»Ach, der ist aber chic«, sagte sie beim Hinausgehen und zeigte auf den schwarzen Hut, der an der Garderobe hing.

»Der wäre auch was für meinen Lebensgefährten. Ein schönes Geburtstagsgeschenk. Wo bekommt man so ein Glanzstück?«

»In Hamburg, bei Preuster und Sohn. Nur diese Firma führt die Marke Blackstyle«, antwortete Onno von oben herab und öffnete die Haustür.

8. KAPITEL

Mit gerunzelter Stirn lief Kathrin Hansen entlang der Linie des zurückgehenden Wassers in Richtung Hundestrand Ost. Es war ein wunderschöner Abend und sie hatte Zeit. Hindrik saß wegen eines ernsten Vorfalles im Erholungsheim in einer Besprechung. Er wollte sie anrufen, wenn diese beendet war und sie wollten sich dann im Seeblick einen Absacker gönnen. Also eigentlich gute Voraussetzungen für einen entspannten Abend.

Eigentlich.

Wenn in dem Bericht der Kriminaltechnik nicht gestanden hätte, dass der Hut auf dem Sandhügel des Toten genau die gleiche Marke war, wie der Hut von Bodo Onno.

Wenn es nicht so wäre, dass es in ganz Deutschland diese Hut Marke nur in Hamburg, in dem exklusiven Laden Preuster und Sohn zu kaufen gab.

Diese Tatsache bereitete Kathrin Hansen erhebliche Probleme.

Sie konnte es wenden und drehen wie sie wollte, sie konnte nicht glauben, dass Onno, wenn er Tiefental ermordet hatte, so dämlich war und quasi als Indiz seinen Hut zurück ließ.

Und damit das Augenmerk der Kripo auf sich lenkte.

Unmöglich!

Aber was gab es für Varianten?

Zufall?

Zufall, dass der Mörder doch so ein Ding dabei hatte und warum auch immer über dem Ermordeten platzierte?

Ein Gag?

Oder steckte doch ein tieferer Sinn dahinter?

»Scheiße alles«, fluchte Kathrin Hansen.

»Es wird Zeit für einen Absacker.«

Sie erreichte den Zugang zur Höhenpromenade und stapfte durch den Sand nach oben. Sie hatte Glück, die erste Bank, an der sie vorbeikam, war frei. Erleichtert setzte sie sich und blickte über das Meer. Tauchte ein in die Atmosphäre des Lichtes, der sich dem Horizont nähernden Sonne. Sie verdrängte die Gedanken an den Mordfall, streckte die Beine lang und genoss die himmlische Ruhe. Dachte daran, dass sie auf der Insel leben und hier ihren Beruf ausführen konnte, dass sie Hindrik hatte.

Ein Mann, auf den sie sich verlassen konnte und der auch die Insel und das Meer liebte. Oft dachten sie an Familienplanung, aber sie brauchte noch etwas Zeit. Das Szenario ihrer ersten Ehe hatte ihr doch mehr zugesetzt, als sie sich nach der Scheidung anfangs zugestehen wollte. Es lastete immer noch auf ihrer Seele. Hindrik verstand das und gab ihr die Zeit.

Sie blickte auf die Uhr und verspürte einen Bärenhunger. Durch den Besuch bei dem Export-

Import Händler war das Mittagessen ausgefallen und auf etwas Schnelles zwischendurch hatte sie verzichtet. Sie überlegte, ob sie Hindrik eine Nachricht schicken sollte, als ihr Handy brummte.

Hindrik.

»Treffen uns in fünfzehn Minuten im Seeblick. Wenn du willst, suche schon mal einen schönen Tisch aus«, lautete die Sprachnachricht.

Und ob sie wollte.

An der Panoramaseite des Restaurants ergatterte sie einen Tisch mit fantastischem Blick aufs Meer. Sie ließ sich die Karte bringen und entschied sich für Zander. Da sie Hindriks Geschmack kannte, bestellte sie gleich für ihn mit.

»Bitte aber erst servieren, wenn mein Begleiter da ist«, bat sie die Bedienung. »Einen Chardonnay können Sie mir jedoch schon bringen.«

Sie blickte sich im Restaurant um und versuchte die Gäste einzuordnen. Überlegte, ob nicht sogar der Mörder von Tiefental hier in aller Ruhe den Abend verbrachte. Als sie die Gäste an einem Ecktisch sah, zuckte sie zusammen.

Sie sah zwar nur das Profil des Mannes, aber es war zweifellos Onno.

Und er war nicht alleine.

Kazkowski, der Geliebter von Laura Tiefental, hob gerade sein Glas und prostete seinem Gegenüber zu.

Unglaublich.

Sie fühlte, wie eine Gänsehaut ihre Arme überzog, wie die Härchen sich aufrichteten.

»Das gibt es doch nicht«, murmelte sie und drehte

sich automatisch so, dass Onno sie nicht erkennen konnte. Hindrik, der in dem Moment an den Tisch gekommen war, lenkte sie ab und musterte sie verwundert.

»Was ist los?

Hast du ein Gespenst gesehen?«, meinte er.

Sie trank erst einmal einen Schluck Wein und schüttelte noch ungläubig den Kopf.

»Erkläre ich dir später«, antwortete sie, »jetzt wird erst einmal gegessen.«

Hindrik berichtete beim Essen von zwei Jugendlichen, die vormittags versucht hatten, die Insel heimlich zu verlassen. Zum Glück hatte er sie am Hafen noch abfangen können.

»Gar nicht auszudenken, wenn denen das gelungen wäre«, meinte er immer noch wütend.

»Man hätte mir Verletzung der Aufsichtspflicht und was weiß ich noch alles vorgeworfen. Und dann erst die Eltern der beiden.

Steinreiche Leute.

Gott noch, nein.«

Trotz der Ernsthaftigkeit des Vorfalles hörte Kathrin Hansen unkonzentriert zu. Ihre Gedanken jagten in alle Richtungen. Sie war sich unschlüssig, was sie tun sollte. Letztendlich entschied sie in Deckung zu bleiben. Sie wollte am kommenden Tag erst mit Heidkamp reden. Hastig leerte sie ihr Glas und drängte Hindrik zum Aufbruch. Ein schöner Abend war nicht mehr angesagt, ihre Stimmung war im Keller. Sie blickte zu Hindrik hin und bekam ein schlechtes Gewissen, aber sie bekam die ätzenden Gedanken nicht mehr aus dem Kopf. Und sie musste noch was in die Wege leiten, auch wenn es schon spät war. Friedrichs, ihr Stellvertreter, würde bestimmt ganz begeistert sein.

Früher, im aktiven Dienst, hätte Bent Maartens sich nie vorstellen können, dass er einmal auf Langeoog auf der Terrasse seines Hauses sitzen und Krabben puhlen würde. Eine Arbeit, für die seine Frau nur ein Naserümpfen übrig hatte. Eigentlich machte er es auch nur deshalb, weil in dem Jahr der Krabbenfang stark zurückgegangen war und die Preise entsprechend explodiert waren. Teilweise um das drei- bis vierfache. Es stand sogar an, die Krabbenfischerei bis Herbst ganz einzustellen.

Und Maartens hätte auch nie gedacht, dass die Puhlerei einen so beruhigenden Effekt haben könnte. Stoisch zog er die Köpfe und Hinterteile ab, legte die Mittelteile in eine Schüssel und hatte plötzlich einen neuen Begriff für diese Tätigkeit kreiert.

Krabben-Yoga, fuhr es ihm durch den Kopf.

Schmunzelnd dachte er daran, die Arbeit unter diesem Aspekt seiner Frau nahezubringen. Allerdings sah er wenig Chance auf Erfolg. Friederike war generell kein Krabbenfreund. Als Lehrerin im Ruhestand hatte sie ihre Liebe für Kinderbücher entdeckt. Sie dachte sich Geschichten aus, schrieb die Texte und zeichnete die Bilder. Ihre zeichnerische Begabung musste latent in ihr geschlummert haben, zumindest hatte sie vorher nie einen Stift oder Pinsel in die Hand genommen. Aktuell entwarf sie Wimmelbilder, in denen Dutzende von Alltagsszenen der Insel untergebracht waren. Menschen,

Tiere, das Meer, die Landschaft und alles, was auf Langeoog so kreuchte und fleuchte. Ein wunderbares Hobby, dachte Maartens.

Sein Hobby war genau anders gelagert. Wenn Friederike die Insel mit ihrer Vielfalt und Schönheit in ihren Arbeiten umsetzte, tauchte er in die menschlichen Abgründe ein. Widmete sich Fallstudien der Kriminalgeschichte und schrieb darüber eine Dokumentation unter neusten Gesichtspunkten. In einer späteren Zusammenfassung wollte er sie der Hochschule zur Verfügung stellen.

Unwillkürlich kam ihm wieder der Mordfall auf der Insel in den Sinn. Seiner Meinung nach war die Tat kaltblütig geplant. Warum der Kunsthändler aber ausgerechnet auf der Insel liquidiert wurde, ergab für ihn keinen Sinn. Auf dem Festland, in einer Stadt wie Hamburg, wäre das viel einfacher und weniger risikoreich gewesen.

Er dachte daran, dass vor Jahren Tiefental der Hehlerei verdächtigt wurde. Dass seine Frau sich einen jüngeren Liebhaber hielt, der unter schwerem Verdacht stand.

Verdacht wegen Raub und Hehlerei.

War Mord da noch weit entfernt?

Okay, der Mann war bedeutend jünger als die Frau, da spielten andere Dinge eine Rolle. Und es konnte Zufall sein, dass der Fotograf Laura Tiefental begegnet war und sie sich in ihn verknallt hatte, wenn sie ihn dafür auch aushalten musste.

Aber war es wirklich so?

Oder war es ein geschickter Schachzug in einem

mörderischen Spiel?

Die nächsten Züge würden es zeigen.

Seufzend betrachtete Maartens die Menge der abgezogenen Köpfe und Schwänze und beschloss, daraus eine Krabbensuppe zu kochen. Wenn er die auch alleine essen würde, war es der Aufwand wert.

Gerade hatte er in der Küche die Krabben unter fließenden Wasser durchgespült, sie in ein Sieb zum Abtropfen geschüttet, als Friederike herein kam.

»Bent«, sagte sie strahlend und hielt eine große Zeichnung in der Hand.

»Ich habe das erste Motiv der neuen Wimmel Serie fertig.

Deine Meinung ist gefragt.«

Sie legte die Zeichnung auf den Tisch und kritisch musternd trat sie einen Schritt zurück.

»Das Format ist später natürlich nur halb so groß«, erklärte sie. »Zum Zeichnen benutze ich einen größeren Maßstab, da habe ich es einfacher.«

Bewundernd betrachtete Maartens die vielen kleinen Motive einer Strandszene. Lebendig gezeichnet waren sie ein gelungenes Spiegelbild der Wirklichkeit. Selbst die Schweinswale im Meer waren zu erkennen.

»Wunderschön«, sagte Maartens und klopfte seiner Frau anerkennend auf die Schulter.

»Eine so toll gelungene Arbeit muss dich doch richtig glücklich machen.«

»Macht sie auch Bent und wenn das Buch fertig ist, habe ich auch schon kleine Leser, denen ich es vorstellen werde.«

Sie bemerkte seinen fragenden Blick und ihr wurde

bewusst, dass sie mit ihm über die Sache noch nicht gesprochen hatte.

»Stell dir vor«, erklärte sie, »gestern habe ich die Leiterin vom Kinderhort *Inselkoje* getroffen und wir kamen so ins Gespräch. Als sie das mit den Wimmel Bildern hörte, war sie ganz begeistert. Sie hat mich gefragt, ob ich die ihren Kindern mal zeigen könnte. Solche Motive würden die Fantasie der Kinder anregen und sie würden sich in mancher Szene vielleicht auch selbst wieder entdecken. Ich habe natürlich zugesagt, so hat meine Arbeit ja auch noch einen pädagogischen Effekt.

Allerdings«, Friederike zog die Stirn kraus, »müsste ich einige Exemplare drucken lassen, und das ist nicht ganz billig.«

Spontan winkte Maartens ab.

»Egal, das machen wir, das sind uns die Kinder wert. Und wenn du willst, kannst du die Bücher ja auch öffentlich anbieten. Übers Internet und so, doch da kennst du dich ja besser aus als ich.«

Dann drückte er seine Frau kurz und meinte, dass er sich wieder um die Krabben kümmern müsste.

»Wenn du willst, kannst du ja aus den Köpfen und Schwänzen die Suppe kochen«, meinte er und blickte grinsend seiner Frau nach, die fluchtartig die Küche verließ.

Während Maartens die Suppe aufsetzte, dachte er an seinen Freund Lüppertz, der auf Borislav Kazkowski hingewiesen hatte. Auf den Mann, der im Verdacht stand, mit einer raffinierten Methode sich das Vertrauen von Gutsherren zu erschleichen, um sie dann später auszunehmen.

Kazkowski, der Raubzüge plante, durchführte und die Beute verhökerte. Und der ausgerechnet mit der Ehefrau des ermordeten Kunsthändlers ein Verhältnis hatte. Verdammt, ging es Maartens durch den Kopf, wenn das Zufall ist, mache ich freiwillig nochmal Krabben-Yoga.

9. KAPITEL

Deutlich war Friedrichs anzusehen, dass er wenig Schlaf mitbekommen hatte. Verkniffen blickte er zu Kathrin Hansen hin.

»Scheiß Job«, stöhnte er. »Ehe die beiden gestern Abend ihren Hintern erhoben, war es fast Mitternacht. Trotz drei Tassen Kaffee wäre ich fast eingepennt.«

»Und, wohin sind die beiden dann gegangen?«, fragte Kathrin Hansen und sah ihn angespannt an.

»Zum Süderdünenring, zu dem Onno nach Hause. Da hat Kazkowski wohl auch übernachtet. Zumindest hat er bis ein Uhr das Haus nicht verlassen.«

»Hm«, Kathrin Hansen glaubte zwar auch, dass es so gelaufen sein könnte, aber sie wollte es genau wissen. Sie musste wissen, ob Kazkowski wirklich bei Onno übernachtet hatte. Wenn ja, bestand zwischen den beiden mehr als nur eine geschäftliche Verbindung.

»Okay, Olli, sicherheitshalber gehst du mit Maike zum Deichkrug und hörst nach, ob nicht doch Kazkowski dort ein Zimmer hatte und in der Nacht noch aufgetaucht ist. Er kann sich ja mit Onno fest gequatscht haben und hat ihn erst später verlassen. Ich werde Heidkamp anrufen und mal hören, was er von einer Durchsuchung bei Onno hält. Ich werde nämlich das verdammte Gefühl nicht los, dass der in der Sauerei mit drin hängt.«

»Da wünsche ich dir viel Glück«, knurrte Friedrichs.

»Ohne tiefer gehende Fakten wird ein Durchsuchungsbeschluss so hoch hängen wie die Sonne am Himmel.«

Das »Nein« von Heidkamp klang dann auch sehr entschieden. Trotz seines Einflusses sah er keine Möglichkeiten, zum jetzigen Zeitpunkt einen Durchsuchungsbeschluss für den Export-Import Händler zu bekommen.

»Aber ich habe etwas anderes«, meinte er am Telefon und an der Tonlage hörte Kathrin Hansen, dass es was Wichtiges sein musste.

»Wie bekannt, wurde Lars Tiefental, bevor er verbuddelt wurde, schwer misshandelt.

Aber jetzt kommt es.

Das ist geschehen, bevor er an den Strand gebracht wurde. Er wurde in einem Haus oder ähnliches gefoltert. Somit könnten es noch Spuren geben. Finden Sie die, haben Sie den Mörder.«

»Dazu fällt mir spontan wieder das Haus am Süderdünenring ein«, meinte Kathrin Hansen. »Das wäre doch ein Grund für eine Durchsuchung.«

Sie hörte, wie ihr Chef wieder irgendetwas schlürfte, bevor er ablehnte.

»Bringen Sie mir mehr als einen Verdacht und Sie bekommen Ihren Durchsuchungsbeschluss«, sagte er entschieden und beendete das Gespräch.

»Na, super«, knurrte Kathrin Hansen, ging in den

Nebenraum zu Ava Sari und meinte, jetzt könnte sie einen starken Kaffee gebrauchen.

Da Ava Sari für sich einen Kaffee mit aufgebrüht hatte, setzten sie sich zusammen und diskutierten über die Entwicklung des Mordfalles. Das Tiefental in einem Gebäude misshandelt wurde, konnte nur bedeuten, dass sich Kriminelle auf der Insel niedergelassen hatten.

Dass das Böse auf der Insel wohnte.

Eine Vorstellung, bei der es Kathrin Hansen übel wurde.

»Ist dieser Onno eigentlich verheiratet?«, meinte Ava Sari plötzlich.

Kathrin Hansen blickte sie überrascht an und ihr wurde klar, dass sie sich mit diesem Punkt noch nicht beschäftigt hatten.

»Gute Frage, Ava, das sollten wir schnellstens klären. Aber wie kommst du jetzt darauf?«

»Nun, irgendwie müssen wir doch in das Haus und ich dachte, wenn er alleine lebt, könnte ich es ja mal versuchen. Vielleicht steht er auf Thaimädchen.«

»Um Gottes Willen, Ava, vergiss es. Das wäre das Letzte, was wir machen dürfen. Nicht auszudenken, wenn der Mann dir Gewalt antun würde.«

Durch Ava Sari ging ein Ruck und sie sah ihre Chefin lächelnd an.

»Eigentlich rede ich nicht darüber«, meinte sie, »aber Kathrin, ich habe mehrere Titel im Kampfsport geholt. Ein Mann wie Onno hätte keine Chance gegen mich.«

Kathrin Hansen war baff und sah die zierliche Thailänderin plötzlich mit anderen Augen.

»Wow, du machst Kampfsport? Das hast du ja noch

nie erwähnt.«

»Na ja, wie gesagt, rede ich auch nicht darüber. In meiner Heimat ist das meine Rettung gewesen. Es ist ja unglaublich, wie man die Frauen in Thailand als Freiwild angeht. Meine Eltern haben mich deshalb schon als Kind im Kampfsport ausbilden lassen. Ich war mehrmals thailändische Meisterin.«

»Na, dann schicke ich dich doch mal nach Wittmund zu dem Arschloch von einem Kollegen, der es dir besorgen wollte«, grinste Kathrin Hansen.

»Den nimmst du dann mal auseinander.

Aber Ava nein, den Gedanken mit diesem Onno schlag dir aus dem Kopf, das können wir nicht riskieren. Stell dir vor, der verabreicht dir KO.-Tropfen, wie sie der Ermordete hat schlucken müssen, oder du wirst durch eine Waffe zu etwas gezwungen.

Nein, kommt nicht in Frage.

Aber nochmals zu Onno. Informiere dich bei der Inselverwaltung über seinen Familienstand. Und wenn er verheiratet ist, ob seine Frau mit ihm hier auf der Insel lebt.« Unwillkürlich dachte sie daran, das Kazkowski eventuell bei Onno übernachtet hatte und was zwischen den Männern gelaufen sein könnte. Quatsch, alles nur Spekulationen, entschied sie und schob die Gedanken beiseite.

Kritisch musterte Maike Jansen ihren Kollegen, der auf der Willrath-Dreesen-Straße neben ihr her schlurfte. Seine Ausstrahlung war so dynamisch wie die einer Jakobsmuschel bei Ebbe.

»Olli, im Deichkrug gibt es erst einmal eine Tasse

Tee, so richtig schön kräftig, damit du auf die Beine kommst«, meinte sie.

»Du siehst aus, als wenn du jeden Moment abknicken würdest.«

»So fühle ich mich auch«, knurrte Friedrichs. »So eine Nacht mit kaum Schlaf, das ist nichts mehr für mich. Ich glaube, ich werde alt.«

Grinsend stupste Maike Jansen ihren Kollegen in die Rippen.

»Du mit deinen zweiunddreißig Jahren, du startest doch gerade erst durch. Wie läuft das eigentlich mit deiner Freundin?«

Prüfend blickte sie ihn von der Seite an und sie konnte nicht leugnen, das Friedrichs ihr gefiel. Wenn er nicht gerade einen Durchhänger hatte, war er ein sportlicher, dynamischer Typ, dabei gut aussehend und immer gut gelaunt.

»Mit meiner Freundin?«

Er hob resigniert die Schulter.

»Je länger Klara von der Insel weg ist, desto mehr habe ich das Gefühl, dass sie sich zurückzieht. Dabei ist Aurich ja nicht gerade aus der Welt. Anfangs haben wir uns immer zum Wochenende getroffen und auch schon mal spontan zwischendurch, wenn ich nicht Bereitschaft hatte. Aber jüngst hat sie immer eine Ausrede parat, dass sie nicht kann. Ich glaube, sie hat einen anderen.«

»Hast du mal mit ihr darüber gesprochen?«, meinte Maike Jansen.

»Lassen wir das Thema«, antwortete Friedrichs und steuerte den Deichkrug an.

»Lass uns sehen, dass wir etwas ausgraben, das uns in

dem Mordfall weiterbringt. Bei meiner Tante Hanna wären wegen dieser Geschichte fast schon Gäste abgereist.«

»Also, die beiden haben sich ja bei mir als Ehepaar Schmidt aus Hamburg ausgegeben«, erklärte Lisa Pleitgen, die Chefin vom Deichkrug.

»Kam mir natürlich etwas komisch vor, wo er doch eine ganze Ecke jünger ist als die Frau. Aber das ging mich ja nichts an. Sie haben sich ruhig verhalten, machten einen ordentlichen Umsatz und zahlten jedes Mal in bar. Das heißt, gezahlt hat immer die Frau.«

»Wann waren die beiden dass letzte Mal ihre Gäste?«, wollte Friedrichs wissen.

»Warten Sie, ich sehe im Computer nach, dann kann ich es Ihnen genau sagen«, erklärte Lisa Pleitgen. Sie ging zum Empfang, tippte etwas im Computer ein und kam mit einem Zettel in der Hand zurück.

»Also, genau vor zwei Wochen waren die beiden das letzte mal hier und haben wie immer in der Dünensuite gewohnt.«

Maike Jansen bemerkte, wie sich die Stirn von der Wirtin bewölkte.

»War da was nicht in Ordnung?«, schob sie direkt nach.

Lisa Pleitgen drückste herum und meinte schließlich, dass es zu einem Streit zwischen den beiden gekommen sei.

»Sie haben sich so laut angebrüllt, dass ich schon Bedenken wegen den anderen Gästen hatte«, erklärte sie.

»Der Mann hat dann das Hotel verlassen und ist erst nach Stunden in der Nacht zurückgekommen. Es gab dann weiteren Krach. Sie hat ihn aus der Suite geworfen. Das es bei den beiden mal so weit kommen würde, hätte ich nicht für möglich gehalten.«

»Haben Sie zufälligerweise mitbekommen, um was es bei der Auseinandersetzung ging?«, bohrte Jansen nach.

»Nein, und ich wollte es auch nicht wissen.«

Nachdenklich blickte Maike Jansen die Hotelchefin an. Sie überlegte, ob der Streit im Zusammenhang mit Onno stehen könnte. Sie wollte es auf einen Versuch ankommen lassen.

»Waren die Schmidts bei Ihnen öfters mit Bodo Onno zusammen? Zum Essen oder auf ein Bier?«, fragte sie ins Blaue hinein.

Erstaunt blickte Lisa Pleitgen sie an.

»Bodo Onno?

Wer soll das sein?«

»Ach, dann muss ich kürzlich etwas verkehrt verstanden haben«, spielte Maike Jansen die Frage herunter.

»Und sonst waren die beiden auch immer alleine?«, hakte Friedrichs nach.

»Immer, wie ein frisch verliebtes Paar, die hatten mit sich selbst genug.«

»Gut, dann hätte ich noch eine letzte Frage.«

Friedrichs sah sie erwartungsvoll an.

»Hat in den letzten Tagen dieser Herr Schmidt bei Ihnen übernachtet oder war er sonst mal hier, auf ein Bier oder so?«

Entschieden verneinte die Hotelwirtin, wollte sich

68

aber bei ihrem Personal nochmals umhören. Und sollte sich was ergeben, würde sie sich melden.

»Das ist wirklich sehr nett von Ihnen«, bedankte sich Maike Jansen und verlangte nach der Rechnung.

Draußen vor der Tür stupste Friedrichs seine Kollegin an.

»Danke für den Tee, der hat echt was gebracht. Ich bin wieder für alles offen.«

Maike Jansen schmunzelte vor sich hin. Wenn ihr Kollege ahnen würde, woran sie gedacht hatte, als die Hotelchefin von dem verliebten Paar gesprochen hatte. Das sie sich vorgestellt hatte, sie und Friedrichs hätten auch so ein Liebesnest.

10. KAPITEL

Polternd kam Fritz Klötgen in die Dienststelle gestürmt. Ohne das übliche »Moin«, ging er direkt auf Kathrin Hansen los. Dass sie mit ihrem Kollegen Friedrichs in einem Gespräch vertieft war, ignorierte er.

»Kathrin«, legte Klötgen los, »stell dir vor, irgend jemand ist mit meinem Elektrokarren durch die Gegend kutschiert. So eine Sauerei darf doch wohl nicht wahr sein. Du musst sofort was unternehmen.«

Irritiert blickte Kathrin Hansen ihn an.

»Fritz, beruhige dich erst mal.«

Sie gab Ava Sari ein Zeichen und bat sie, Klötgen einen Tee anzubieten.

»Am besten Baldrian«, grinste sie und sah belustigt Klötgen an. »Und du setzt dich solange dort auf den Stuhl, ich bin gleich bei dir.«

Knurrend ließ sich Klötgen auf den Stuhl fallen, zupfte nervös ein kariertes Taschentuch aus der Hosentasche und fuhr sich damit über die Stirn. Ava Sari, die ihm den Tee reichte, bemerkte belustigt, dass der alte Knacker sie doch tatsächlich bekneiste. Das sein Blick an ihrem Busen hängen blieb.

»Sie dürfen sich nicht so aufregen«, sagte sie betont

mitfühlend, »ältere Herren wie Sie bekommen schnell einen Schlaganfall. Und danach das Pflegeheim erst, tun Sie sich das nicht an.«

Mit Genugtuung bemerkte sie, wie Klötgen die Augen aufriss und wandte sich zufrieden ab.

»Also, Fritz«, sagte Kathrin Hansen, als sie sich nach einer Weile zu ihm setzte, »was hat dich hierher getrieben?«

»Stell dir vor, da hat doch jemand meinen neuen Elektrokarren geklaut und ist damit durch die Gegend kutschiert. Das ist doch unglaublich, das«, sprudelte es aus ihm heraus.

»Fritz«, prüfend blickte Kathrin Hansen ihn an.

»Hattest du das Fahrzeug denn nicht abgeschlossen?«

»Klar, hatte ich das, aber es wurde kurzgeschlossen. Stell dir das mal vor, das ist doch kriminell. Und ich war doch auch zwei Tage weg, auf eine Familienfeier in Aurich. Ich bin erst heute morgen zurückgekommen.«

»Wo hast du denn deinen Wagen gefunden und war er beschädigt oder versaut?«, wollte sie wissen.

Klötgen riss die Augen auf und sah sie groß an.

»Das ist es ja, ich dachte, ich trau meinen Augen nicht, als ich mit der Inselbahn vom Hafen komme und da, wo die Werkhallen der Bahn sind, meinen schönen neuen Karren stehen sehe. Ich dachte, ich hätte noch zu viel von dem Klaren intus, den wir auf der Familienfeier vernichten mussten. Zuhause sah ich dann, dass die Tür vom Schuppen aufgebrochen wurde und der Karren weg war. Du musst das jetzt alles untersuchen, nach Spuren und so.«

Kathrin Hansen bemerkte, das Klötgen vor

Aufregung einen roten Kopf bekommen hatte und drängte ihn den Tee zu trinken. Bei ihr regte sich auch was, wollte heraus, sie bekam es aber nicht zu fassen.

»Soweit habe ich das verstanden Fritz«, kommentierte sie, »aber nochmals: wurde der Wagen beschädigt oder versaut? Waren die Täter bei dir im Haus?«

Klötgen schüttelte den Kopf und riskierte einen Blick zu Ava Sari hin, die gerade etwas vom Boden aufwischte.

»Fritz, hier spielt die Musik«, knurrte Kathrin Hansen, die es bemerkt hatte.

»Nein, im Haus waren die nicht und der Wagen ist außer dass er kurzgeschlossen wurde nicht beschädigt. Aber versaut ist er. Auf der Ladefläche sind große dunkle Flecken und ich kriege die einfach nicht weg. Sieht aus, als wenn Rotwein ausgelaufen wäre. Die Kriminellen haben bestimmt auf meinem schönen neuen Karren gesoffen.

Sie haben ihn entweiht.

Eine ganz große Sauerei ist das.

Die müssen wir am Arsch kriegen, müssen wir.«

Bei der Bemerkung von Klötgen bezüglich Rotwein, war Kathrin Hansen zusammen gezuckt.

Und wenn es kein Rotwein, sondern Blut war?, fuhr es ihr durch den Kopf. Wenn es das Blut von Tiefental war, der auf dem Karren transportiert wurde? Seitdem sie wusste, dass er nicht am Strand, sondern woanders gefoltert worden war, hatte sie sich gefragt, wie man ihn zum Fundort transportiert hatte. Schwer verletzt konnte man ihn schwerlich für jeden sichtbar durch Langeoog

72

geschleppt haben.

»Fritz, du hast recht«, sagte sie. »Die Kerle müssen wir uns schnappen, dafür müssen wir aber deinen Wagen nach Spuren untersuchen.«

Der Oberkörper von Klötgen zuckte hoch.

»Genau, ihr müsst den Wagen auf Fingerabdrücke, und auf DNA Spuren und so untersuchen, so wie deine Kollegen das im Tatort immer machen.

Ich kenne mich da aus«, sagte er mit glänzenden Augen.

Vierundzwanzig Stunden später ging der Bericht der Kriminaltechnik bei der Polizeidienststelle Langeoog ein. Ava Sari druckte die Mail aus und legte sie ihrer Chefin, die gerade mit Heidkamp telefonierte, auf den Schreibtisch. Kathrin Hansen warf einen Blick darauf und sah den Namen Lars Tiefental rot markiert. Sie unterbrach Heidkamp und teilte ihm das positive Ergebnis mit.

»Na, das ist doch schon mal was«, meinte er.

»Wie sieht es mit Fingerabdrücken aus?«

»Jede Menge«, antwortete Kathrin Hansen.

»Der Besitzer des Wagens ist Dienstleister und hat auf der Insel viele Kunden. Und da hier alle mit anpacken, können Sie sich denken, wie es von Fingerabdrücken nur so wimmelt.«

»Wäre ja auch zu schön gewesen«, knurrte Heidkamp.

»Trotzdem«, Kathrin Hansen klang zuversichtlich.

»Es besteht die Möglichkeit, dass der Wagen mit den Tätern gesehen wurde. Wir werden in dieser Richtung ermitteln. Und ich werde einen Aufruf in die Zeitung setzen. Der Redakteur vom Insel Report ist mir noch was schuldig.«

»Machen Sie das«, stimmte Heidkamp zu. »Aber ich habe auch was für Sie. Kollegen in Hamburg haben den Hutladen Preuster und Sohn aufgesucht. Sie haben die Fotos von Lars Tiefental, Bodo Onno und Borislav Kazkowski vorgezeigt. Treffer hatten sie bei Bodo Onno. Er ist langjähriger Kunde und kauft ausschließlich Hüte der Marke Blackstyle.«

»Schade«, murmelte Kathrin Hansen.

»Wir hätten ja auch mal Glück haben können.«

»So ganz ist das Thema noch nicht vom Tisch«, meinte Heidkamp.

»Auch wenn dem normal Sterblichen die Hut Marke nicht bekannt ist, wird sie von Kunden des Ladens oft gekauft.

Fazit: Alles ist möglich.«

»Na toll«, stöhnte Kathrin Hansen.

»Warum soll es einfach gehen, wenn es auch schwierig sein kann.«

»Das ist doch Wahnsinn«, stöhnte Friedrichs und blickte auf die Ortskarte, die sie auf den Tisch ausgebreitet hatten. »Wie sollen wir die alle abklappern?«

»Halb so wild Olli«, meinte Maike Jansen und fuhr mit dem Finger entlang der Strecke, die zum Oststrand führte.

»Hier«, sie tippte mit dem Finger auf das Haus von Fritz Klötgen in der Fritz-Reuter-Straße. »Von hier aus sind die Täter mit dem geklauten Karren die Straße hoch bis zur Willrath-Dreesen-Straße, rechts weiter bis Am Teich, dann in die Heerenhusstraße und in Gerksin-Spoor bis zum Oststrand. Von dort aus weiter bis zum Tatort am Weststrand.

Überwiegend gibt es in der Ecke Häuser mit Ferienwohnungen, das macht die Sache einfacher. Wir lassen uns vom Verkehrsamt die Wohnungen, die belegt sind, ausdrucken. Ich schätze mal, dass es zu dieser Jahreszeit übersichtlich sein wird.«

»Moment mal«, stoppte Friedrichs den Enthusiasmus seiner Kollegin.

«Wieso glaubst du, dass die Täter von Klötgen direkt zum Oststrand gefahren sind? Die mussten doch vorher, wo auch immer, den Tiefental abholen.«

»Olli«, Maike Jansen sah ihren Kollegen überzeugt an. »Ich glaube, dass Tiefental bei Klötgen gefoltert wurde. In seiner Garage, auf der Ladefläche des Elektrowagens. Praktischer geht es doch nicht. Und kein Mensch hat das mit bekommen.«

»Aber woher wussten die überhaupt, dass Klötgen längere Zeit nicht zuhause war?«, überlegte Friedrichs laut.

»Er war so schlau und hat einen Zettel auf die Tür geklebt, dass er für zwei Tage verreist sei. Also die perfekte Einladung.«

11. KAPITEL

Sie waren noch auf einen Sprung zum Sportstrand gegangen und hatten sich in eine windgeschützte Ecke in den Sand gesetzt. Die Sonne ging bereits unter und Hindrik konnte noch so eben die Wörter lesen, die Kathrin Hansen in den Sand schrieb.

»Bodo Onno, Borislav Kazkowski«, buchstabierte er, »sind das deine Verdächtigen in dem Mordfall?«

»Auf jeden Fall sind es die Männer, die im Zusammenhang mit dem Mord stehen. Wobei der Verdacht auf Vermutungen basiert. Beweise gibt es nicht. Doch mein Bauchgefühl sagt mir was anderes.«

Sie zog um die beiden Namen einen Kreis und schrieb neben Borislav Kazkowski den Namen Laura Tiefental. Verband beide Namen mit einer Querlinie.

»Die beiden sind seid etwa drei Jahren ein Liebespaar«, erklärte sie.

»Frage: Hatten sie einen Grund, Lars Tiefental zu ermorden?

Ziehen sie daraus einen Nutzen?

Finanziell jedenfalls nicht, der Kunsthändler stand vor der Pleite. Dagegen ist seine Frau vermögend.«

Im letzten Sonnenstrahl schrieb Kathrin Hansen in

Großbuchstaben das Wort „Folterung" in den Sand. Stieß das Hölzchen, mit dem sie geschrieben hatte, mittig in das Wort.

»Hindrik, was sagt dir das, wenn du hörst, dass ein Mensch gefoltert wurde. Richtig schön brutal mit einem abgetrennten Ohr und abgeschnittenen Lippen. Vorher wurde er so geschlagen, dass mehrere Rippen gebrochen sind.«

Während sie das wunderschöne Abendlicht über dem Meer betrachteten, blieb es eine Weile still. Sie stellten sich die Szene vor, wie ein Mensch so misshandelt wurde. Stellten sich vor, was er an Schmerzen ausgehalten haben musste.

»Folterung«, sinnierte Hindrik laut, »war ursprünglich im Mittelalter eine Methode um Menschen zu einer Aussage zu zwingen. Im großen Stil wurde das von den Inquisitoren der Kirche bei der Hexenjagd praktiziert. Oft waren es Frauen, die nicht so wollten, wie es die hohen Herren verlangten. Aber auch Frauen, die von missgünstigen Zeitgenossen beschuldigt wurden, gesetzeswidrige Dinge getan zu haben. Die Frauen wurden angeklagt und durch die Folterung solange gequält, bis sie schließlich zugaben, die Verbrechen verübt zu haben. Anschließend wurden sie öffentlich auf dem Scheiterhaufen verbrannt.

Fazit: Wenn der Tote am Strand gefoltert wurde, wollte man etwas aus ihm heraus pressen.«

»Genau«, stimmte Kathrin Hansen zu. »Und wenn ich wüsste, was sie aus ihm heraus pressen wollten, wäre ich schon ein Stück weiter.«

Missmutig wischte sie mit den Zehen über die

Namen und seufzte auf.

»Lass uns gehen, vielleicht habe ich ja morgen einen Lichtblick.«

»Warte mal«, widersprach Hindrik, umfasste ihre Schulter und drückte sie an sich.

»Wir checken mal die Möglichkeiten des Motivs. So viele kann es ja nicht geben. Du sagst jetzt spontan, was dir dazu einfällt.«

»Tiefental hatte etwas, das seine Mörder haben wollten«, begann Kathrin Hansen.

»Gut, was könnte das sein?«, fragte Hindrik weiter.

»Etwas, das richtig viel Kohle bringt. Wofür gemordet wird. Wertvolle Kunst zum Beispiel.«

»Gut, aber Tiefental war Kunsthändler, das heißt, er hatte laufend mit solchen Dingen zu tun. Wieso jetzt dieser Stress?«

»Verdammt, das ist es, Hindrik«, stöhnte Kathrin Hansen. »Wieso bin ich da nicht schon früher drauf gekommen.«

Irritiert blickte Hindrik sie an.

»Na, ist doch klar«, sprudelte es aus ihr heraus. »Es ging hier eben nicht um Objekte, mit denen Tiefental normalerweise handelte, sondern es ging um etwas, das ihm und seinen Kumpels gehörte.

Gemeinsam gehörte.

Sprich Beute, etwas Geklautes.«

»Du meinst, der Ermordete hätte nicht teilen wollen?«, meinte Hindrik kritisch.

»Genau das meine ich. Aber damit ist noch nicht gesagt, mit wem er ein Ding gedreht hat.

Mit Bodo Onno?

Oder mit Borislav Kazkowski?

Mit beiden, und steckte sogar seine Frau mit drin?

Laura Tiefental und Kazkowski müssen im Deichkrug einen massiven Streit gehabt haben. Ging es da bereits um die Sache, die zum Tod von Tiefental geführt hat?«

Wenn sie in der Abenddämmerung auch nur noch ahnen konnte, was sie dem Sand anvertraute, schrieb Kathrin Hansen in großen Buchstaben Laura Tiefental in den Sand.

»Die nehme ich mir morgen vor«, knurrte sie, verwischte die Schrift und drückte Hindrik einen schnellen Kuss auf die Backe.

Am Morgen in der Dienststelle wollte Kathrin Hansen gerade Laura Tiefental anrufen, als ihre Nummer im Display aufblinkte.

Das ist Gedankenübertragung, dachte sie und nahm das Gespräch an.

»Laura Tiefental hier«, hörte sie eine angenehme Stimme. »Ich hätte gerne denjenigen gesprochen, der den Tod meines Mannes bearbeitet.«

»Den haben Sie an der Strippe, Kathrin Hansen ist mein Name.«

Einen Moment blieb es ruhig, die Teilnehmerin war offensichtlich überrascht, dass eine Frau die polizeiliche Verantwortung auf der Insel hatte.

»Ah, das ist schön«, meinte Laura Tiefental.

»Mit einer Frau habe ich lieber zu tun, als mit einem Mann. Ihr Kollege, der mir die Nachricht überbrachte, dass mein Mann ermordet wurde, hat mich in einer geradezu unverschämten Weise verhört. Der war nicht das beste Beispiel seiner Gattung. Aber Schwamm drüber. Ich komme heute im Laufe des Tages nach Langeoog, können wir uns treffen?«

Spontan sagte Kathrin Hansen zu und verschwieg, dass sie selbst gerade Kontakt aufnehmen wollte.

»Gut«, meinte Laura Tiefental, »sobald ich im Hotel bin, melde ich mich.« Damit beendete sie das Gespräch.

Sechs Stunden später trafen sie sich im *Fährmann*, eine Kneipe auf Langeoog, die noch ihren ursprünglichen Charakter erhalten hatte.

Laura Tiefental entpuppte sich als eine gutaussehende Frau Mitte Fünfzig. Gepflegt und mit einem Flair, das verriet, dass sie der gehobenen Gesellschaftsschicht angehörte. Auf jeden Fall eine Frau die wusste, was sie wollte. Kathrin Hansen konnte sich nur schwer vorstellen, dass diese Frau einen Liebhaber aushielt. Sie bemerkte, wie sie von ihr gemustert wurde.

»Hätte ich mir bis jetzt auch nicht vorstellen können, dass hier auf der konservativen Insel die Polizeigewalt einmal eine Frau haben würde«, begann Laura Tiefental das Gespräch. »Sie sind ja auch noch recht jung, haben Sie keine Probleme damit?«

»Meine Vorfahren kommen von hier, das hat mir sehr geholfen«, antwortete Kathrin Hansen und überlegte, wie sie das Gespräch angehen sollte. Sie beschloss, die Frau kommen zu lassen.

»Es tut mir Leid, was mit Ihrem Mann passiert ist, glauben Sie mir, das war auch ein Schock für die Leute auf der Insel.

Aber wie kann ich Ihnen helfen?«

Gekleidet in einem saloppen, cremefarbenen Kostüm, winkte Laura Tiefental ab.

»Meine Trauer hält sich in Grenzen. Seit Jahren leben mein Mann und ich schon getrennt.« Sie blickte Kathrin Hansen etwas verloren an. »Dabei waren wir wirklich einmal richtig ineinander verliebt. Als wir älter wurden, stand mein Mann dann plötzlich auf junge Frauen. Ich tat so, als würde ich das nicht bemerken und glaubte, es wäre eine Phase, die vorüberging. Midlife Crisis und so. Als ich ihn aber mit einer Frau in unseren Ehebetten überraschte, war mein Verständnis am Ende.«

Sie trank einen Schluck Tee und Kathrin Hansen bemerkte, wie die Hände der Frau flatterten. So ganz schien sie die Affären ihres Mannes nicht weggesteckt zu haben, fuhr es ihr durch den Kopf.

»Na ja, ich wollte dann auch noch mal erleben, wie es ist, verliebt zu sein«, erklärte Laura Tiefental weiter. »Ich lernte in Hamburg einen Fotografen kennen, dem ich anscheinend gefiel.

Und er mir auch.«

Ernst blickte sie die Hauptkommissarin an.

»Mir war schon klar, dass mein Geld, das ich nun einmal habe, einen gewissen Reiz ausüben würde. Aber das war mir egal. Von dem Mann, der immerhin fast fünfzehn Jahre jünger ist als ich, fühlte ich mich verwöhnt und wir hatten eine richtig schöne Zeit. Übrigens waren wir gemeinsam sehr oft hier auf Langeoog.«

Kathrin Hansen ließ nicht durchblicken, dass sie einige Dinge wusste, sondern blickte sie weiterhin auffordernd an.

»Genauer gesagt«, berichtete Laura Tiefental weiter, »waren wir das letzte Mal vor vierzehn Tagen hier. Und da bekam unsere Beziehung einen Riss.«

Laura Tiefental wurde von der Kellnerin, die nachfragte, ob sie noch etwas wünschten, unterbrochen. Sie bestellte einen Cognac.

»Normalerweise trinke ich tagsüber keinen Alkohol, aber derzeit sind meine Nerven stark strapaziert«, erklärte sie.

»Doch weiter.

Borislav Kazkowski, mein Liebhaber, führte während unseres letzten Aufenthaltes öfters Telefonate, etwas, das er sonst vermied. Die Zeit auf Langeoog gehörte uns ganz alleine.

Immer.

Aber diesmal war es anders.

Zunehmend wurde Borislav nervöser, etwas, das ich an ihm nicht kannte. Als ich ihn daraufhin ansprach, wich er mir aus. Trotzdem, ich hatte das Gefühl, dass etwas nicht stimmte. Als er am letzten Tag unseres Aufenthaltes in die Hotelsauna ging, vergaß er auf dem Zimmer sein Handy. Kurz darauf kam eine Mail an. Normalerweise öffne ich seine Mails nicht. An diesem Tag war es vielleicht das komische Gefühl, das ich hatte, vielleicht lag dadurch die Hemmschwelle tiefer. Ich öffnete die Mail und konnte nicht fassen, was ich da zu lesen bekam.«

Sie nahm einen Schluck Cognac und stellte das Glas lautstark auf den Tisch.

»Es war unglaublich.

Ein mir unbekannter Viktor S. schrieb, dass Borislav

sofort nach Köln kommen müsste. Er hätte einen Käufer für das Bild *Moulin Rouge* gefunden. Einhundert achtzigtausend Euro würden geboten. Und obwohl der tatsächliche Wert höher wäre, sollten sie darauf eingehen, so Viktor S. Sie müssten sich aber sofort entscheiden, der Russe würde am kommenden Tag abreisen. Am Schluss erinnerte er Borislav daran, dass er die zwanzigtausend Euro Spielschulden, die Borislav ihm schulde, von seinem Anteil abziehen würde.«

Mit harten Augen blickte Laura Tiefental die Hauptkommissarin an.

»In der Vergangenheit habe ich Borislav mehrmals mit Geld ausgeholfen. Es sollte für seine Mutter sein, die an Leukämie erkrankt sei. Das Geld sollte die Kosten für spezielle Therapien in den USA decken.

Heute weiß ich es besser.

Er hat es verspielt.

Ich habe ihn zur Rede gestellt und es kam zu einer heftigen Auseinandersetzung. Danach war er einige Stunden weg. Als er in der Nacht zurückkam, wollte er mich wieder besänftigen. Auf welche Weise können Sie sich vorstellen. Aber ich habe ihn aus der Suite geworfen und seinen Koffer von der Loggia aus auf die Straße geschmissen.«

Laura Tiefental schmunzelte leicht.

»Ich glaube, ich habe im Hotel für einigen Klatsch gesorgt.«

»Und Sie haben keine Ahnung, wer dieser Viktor S. sein könnte?«

»Nicht die geringste.«

»Aber«, sie sah die Hauptkommissarin gequält an.

»Dafür habe ich was anderes gefunden.«

Sie trank den Cognac aus, winkte der im Hintergrund stehenden Bedienung und bestellte sich noch einen.

»Beim Ausräumen der Sachen meines Mannes in seinem Appartement habe ich in einem Jackett einen Zettel mit einer Handynummer gefunden.

Und was glauben Sie, auf wen der Anschluss zugelassen war?«

»Sagen Sie jetzt bloß nicht auf Ihren Borislav«, äußerte sich Kathrin Hansen besorgt.

»Treffer.

Und in einem der Handys von meinem Mann, er hatte mehrere, gibt es eine endlose Anrufliste mit dieser Nummer. Er und Borislav hatten Kontakt.

Intensiven Kontakt.

Nur über mich ist der nie zustande gekommen und Borislav hat immer behauptet, er würde meinen Mann nicht kennen. Und wollte ihn auch nicht kennen lernen. Das wäre nicht gut für unsere Beziehung, meinte er.«

»Und jetzt glauben Sie, Kazkowski hat was mit dem Tod Ihres Mannes zu tun?«

»Ich weiß nicht, was ich glauben soll, wollte aber etwas richtig stellen«, antwortete Laura Tiefental steif.

»Deshalb bin ich hier.«

Sie nahm ihr Handy aus der Tasche und scrollte im Kalender.

»Hier«, sie tippte auf eine Eintragung.

»An dem Tag, als mein Mann ermordet wurde, war ich bei einer Freundin in Hamburg. Das können Sie nachprüfen. Dass ich an dem Morgen mit Borislav zu

Hause im Bett war, ist gelogen. Er rief mich an dem Morgen an und drängte mich, sein Alibi zu bestätigen. Ich wäre doch sicherlich daran interessiert, dass der Ruf meines Mannes sauber bliebe, drohte er mir.

Er hat mich total überfahren und es war ein großer Fehler, dass ich mich darauf eingelassen habe.

Es tut mir Leid.«

»Wahnsinn«, stöhnte Kathrin Hansen.

»Ich glaube, ich brauche jetzt auch einen Schnaps.« Sie winkte der Bedienung und bestellte sich einen ostfriesischen Klaren.

12. KAPITEL

Es war kurz nach zwanzig Uhr. Sie hatte es gerade noch geschafft beim Edeka Markt ein paar Lebensmittel einzukaufen. Ihr reichte es, der Tag hatte genug an Überraschungen gebracht und nun wollte sie sich wenigstens etwas Entspannung gönnen. Sie freute sich auf die Matjesheringe im Kühlschrank, die Hindrik vom Fischhändler besorgt hatte. Belegt mit Zwiebelringen, dazu eine Scheibe Schwarzbrot und ein Glas Weißwein, kräftig und trocken, das war genau das, was sie als Absacker brauchte. Vor dem Essen musste sie noch duschen, sie kam sich muffig vor, da half nur Wasser von oben.

Frisch geduscht, mit einem weiten T-Shirt und einer Shorts bekleidet, fühlte sie sich um einiges wohler. Beim Garnieren der Matjes, für Hindrik machte sie gleich einen Teller mit, probierte sie den Wein und war begeistert von der Qualität. Der seit kurzem im Ort bestehende Weinladen hatte wirklich gute Tropfen im Sortiment.

Da Hindrik später kommen würde, wollte sie schon mal essen. Sie setzte sich auf die Terrasse, blickte über das Meer und atmete tief durch. Die endlose Weite, das

Rauschen des Meeres, eigentlich eine Welt des Friedens, dachte sie. Wenn es da nicht ein paar durchgeknallte Typen gäbe, denen das alles nicht genug war.

Ihr gingen die Ergebnisse des Tages durch den Kopf und sie dachte daran, dass Laura Tiefental gelogen hatte, als sie anfangs das Alibi von Kazkowski bestätigt hatte. Etwas, das nun die Ermittlungen in eine andere Richtung lenkten. Sie hatte mehrmals versucht, Kazkowski zu erreichen, war aber immer bei der Mailbox gelandet. Mit der Bitte um Rückruf war auch nichts. Am anderen Tag wollte sie Ava Sari daransetzen, den Mann zu finden. Irgendwo musste er ja aufzutreiben sein. Wahnsinn das alles, schoss es ihr durch den Kopf. Sie nahm einen Schluck Wein und ging beim Essen die Fakten durch.

Wer war dieser Viktor S?

Was hatte Kazkowski mit dem ermordeten Tiefental zu tun gehabt?

War Tiefental ein Kumpel der beiden, hatte sie hintergangen und wurde deshalb von ihnen ermordet?

Bei dem Gedanken griff Kathrin Hansen nach ihrem Handy und kontrollierte, ob eine Mail von Dr. Heidkamp eingegangen war. Ihn hatte sie gebeten, nachprüfen zu lassen, ob in letzter Zeit bei Einbrüchen in ostfriesische Villen das Gemälde *Moulin Rouge* gestohlen wurde.

Noch keine Rückmeldung.

»Auch gut«, murmelte Kathrin Hansen vor sich hin, »heute habe ich eigentlich auch auf nichts mehr Bock.« Sie hörte, dass die Haustür aufgeschlossen wurde und sah überrascht Hindrik an, der auf die Terrasse kam.

Anscheinend hatte er sich doch früher, als gedacht, von der Arbeit losreißen können. Er drückte sie und gab ihr einen flüchtigen Kuss.

»Ach, sieht das hier gemütlich aus«, meinte er und sah mit hungrigen Augen auf den Matjes Teller und auf das Weinglas.

»Nach so einem beschissenen Tag genau das Richtige.«

»Willkommen im Club«, grinste Kathrin Hansen und reichte ihm ihr leeres Weinglas.

»Matjesteller und Wein stehen im Kühlschrank. Bitte bring mir auch noch was Wein mit. Ich sitze gerade so schön bequem.«

Hindrik sah sie aufmerksam an und wusste Bescheid.

»Wie ich sehe, war dein Tag auch nicht besser«, meinte er und ging in die Küche.

Während er sich über die Matjes hermachte, blieb es eine Weile ruhig zwischen ihnen. Sie hingen ihren Gedanken nach, von jetzt auf gleich abzuschalten, war nicht so einfach. Wie im Film sah Kathrin Hansen, wie in der Garage von Fritz Klötgen der Kunsthändler gefoltert wurde und wie ihn Kazkowski auf einem Elektrotransporter an den Strand karrte. Wie Tiefental im Sand eingebuddelt wurde bis nichts mehr von ihm zu sehen war.

Ein Schauder lief ihr über den Rücken.

Sie sah den Hut vor Augen, dieses Prachtexemplar seiner Art und musste an Bodo Onno denken. Daran denken, dass er solche Hüte trug, dass sie ihn und Kazkowski zusammen im Seeblick gesehen hatte. Demnach wäre die Schlussfolgerung, dass die beiden

den Mord auf dem Gewissen hatten.

Nur so einfach konnte es nicht sein.

Oder genauer: Onno würde niemals sein Markenzeichen weithin sichtbar am Tatort präsentieren.

»Es ist echt zum Mäuse melken«, murmelte Kathrin Hansen, griff nach dem Glas und rückte näher an Hindrik heran.

»So schlimm?«, meinte er, nahm sie in die Arme und fuhr mit seiner Hand unter ihr T-Shirt. Gefühlvoll strich er mit den Fingerspitzen über ihren Rücken, spürte, wie sie eine Gänsehaut bekam und bei Kathrin Hansen lösten sich die belastenden Gedanken.

»Ich glaube, wir sollten heute mal früh schlafen gehen«, meinte sie und fummelte an seinen Hemdknöpfen. Schmunzelnd erweiterte Hindrik sein Betätigungsfeld und meinte, genau daran hätte er auch gedacht.

Mit seinen Gedanken ganz woanders, hörte Maartens nur mit halbem Ohr zu, was seine Frau ihm beim Frühstück erzählte.

»Stell dir vor«, meinte Friederike, »Elma Klüser, das ist die Leiterin des Kinderhortes *Inselkoje*, war gestern ganz begeistert von meinen Wimmel Bildern. Ab nächste Woche, jeweils mittwochs, hat sie mich für eine Stunde eingeplant. Da werde ich den Kindern die Geschichten vorlesen. Das heißt, eigentlich will ich mit ihnen die Bilder lebendig werden lassen, sie sollen sich ja in ihnen wiederfinden.

Ist doch toll oder?«

Das hatte Maartens nun doch mitbekommen und

sah seine Frau anerkennend an.

»Friederike, das ist wirklich schön und wird dir bestimmt viel Spaß machen«, meinte er.

»Das muss dich doch zu neuen Arbeiten so richtig motivieren, Ideen hast du ja genug.«

»Genau, deshalb treffe ich mich gleich mit zwei Frauen.« Sie bemerkte seinen fragenden Blick und erklärte, dass diese ebenfalls im Kinderhort ehrenamtlich tätig wären und sie sich zu einem Plauderstündchen im Inselhaus verabredet hätten.

»Wir wollen mal sehen, ob wir gemeinsam etwas auf die Beine stellen können. Eine der Frauen war Musiklehrerin und hatte die Idee, meine Bildergeschichten musikalisch zu begleiten. Mit den Kindern natürlich.« Friederike nahm einen Schluck Kaffee, während er sich ein Brötchen schmierte. Dabei bekam er nicht aus dem Kopf, was sein Freund Lüppertz ihm am Abend am Telefon gesagt hatte.

Und dass dieses als Warnung zu verstehen war.

Dass er die Augen offen halten sollte, hatte ihn Lüppertz gebeten.

Seitdem hatte Maartens Sorge, dass auf der Insel noch mehr aus dem Ruder laufen könnte. Er dachte an die Beamten, die sich um die Aufklärung des Mordfalles kümmerten.

»Wo bist du mit deinen Gedanken?«, meinte Friederike, die seine Abwesenheit bemerkte. »Du machst ein Gesicht, als wenn eine Sturmflut in Sicht wäre. Bist du bei deinen Studien oder mischst du etwa in den Geschehnissen mit, die hier jüngst passiert sind?«

Sie sah ihn mit gerunzelter Stirn an.

»Dir ist schon klar, dass du im Ruhestand bist? Dass jetzt mal andere sich um die Halunken dieser Welt kümmern müssen?« Als Friederike nervös einen Schluck Kaffee trank, winkte er ab.

»Mach dir mal keine Sorgen, ich musste nur gerade an was denken. Und du weißt doch, dass ich als Privatmann bei Ermittlungen völlig außen vor bleiben muss.«

»Na ja, immerhin hast du den Toten gefunden«, sinnierte Friederike und sah ihn nicht gerade überzeugt an.

Spät am Vormittag, als Friederike zu ihrem Treffen ging, nahm Maartens Ben an die Leine und steuerte mit ihm den Weststrand an. Er wollte sich nochmals die Stelle ansehen, wo Tiefental gefunden wurde. Er dachte daran, dass die Täter trotz der frühen Morgenstunde, an der sie den Toten dorthin gekarrt hatten, ein großes Risiko eingegangen waren. Von den Insulanern kannte einer den anderen und den brandneuen Elektro Transporter von Klötgen war mit Sicherheit auch jedem bekannt. Zudem waren alle Frühaufsteher und die Gefahr gesehen zu werden, war groß. Seiner Meinung nach gab es für das Risiko, das die Täter eingegangen waren, nur einen Grund:

Hass!

Hass auf den Toten, der raus musste!

Hass, der im Fokus der Öffentlichkeit demonstriert werden sollte!

Bei der Überlegung wurde es Maartens anders. Aus Erfahrung wusste er, wozu Menschen, die mit

Hass aufgeladen waren, fähig waren. Er dachte an die Warnung von Lüppertz und entschloss sich, die Hauptkommissarin anzurufen. Hoffentlich würde sie das nicht so verstehen, dass er sich in die Ermittlungen einmischen wollte, dachte er und wollte sein Handy aus der Tasche ziehen, als Ben schwanzwedelnd nach dem Dünenübergang spinkste.

»Das passt ja nun wirklich«, murmelte Maartens und beobachtete, wie Kathrin Hansen den Übergang hinunter durch den Sand stapfte und auf ihn zukam.

»Moin«, sagte Kathrin Hansen und strich Ben, der sich wie verrückt freute, über den Kopf.

»Ist das Ihre Morgenrunde oder weil jetzt auflaufendes Wasser ist?«, meinte sie lächelnd.

»Beides, aber auch um meine Gedanken zu ordnen. Da gibt es für mich nichts Besseres als die Ruhe hier am Strand.«

»Geht mir genauso und derzeit habe ich echt Probleme, einige Dinge auf die Reihe zu kriegen«, seufzte Kathrin Hansen. Von der Seite blickte sie den ehemaligen Kripomann an und überlegte, ob sie mit ihm über die Ermittlungen reden könnte. Streng genommen durfte sie es nicht, aber sie vertraute ihm. Maartens machte nicht den Eindruck, als wenn er alles herum tratschen würde. Die Entscheidung ergab sich dann aber auch schon von selbst.

»Dass ich Sie treffe, passt ausgezeichnet«, meinte Maartens. Etwas verlegen sah er sie an.

»Mein Freund Lüppertz hat mich gestern Abend aus Hamburg angerufen. Wir haben ja oft Kontakt und na ja, wie das so ist, wird auch schon mal über

Dinge gequatscht, die sich im Milieu so ergeben haben. Dinge, die oft aber auch schon von den Medien verbreitet wurden.«

Angespannt blickte Kathrin Hansen ihn an, sie ahnte, dass sie etwas zu hören bekäme, auf das sie gerne verzichten könnte.

»Darüber, dass in einem Hamburger Vorort vor zwei Tagen eingebrochen wurde«, sagte Maartens, »wird allerdings noch nicht berichtet. Laut Lüppertz besteht Nachrichtensperre.«

Aus der Anspannung, die Kathrin Hansen befallen hatte, wurden Magenkrämpfe.

»Über einen Einbruch wurde Nachrichtensperre verhängt?«, fragte sie kribbelig, »das ist aber ungewöhnlich.«

»Nicht, wenn es dabei einen prominenten Toten gegeben hat«, erklärte Maartens.

»Ach du Scheiße«, mehr brachte Kathrin Hansen nicht heraus. Das Rauschen der Wellen nahm sie nur noch im Unterbewusstsein wahr, sie ahnte, dass was an ihr hängen bleiben würde.

»Tja«, Maartens blickte nachdenklich über das Wasser, »ich glaube, jetzt fängt die Kacke so richtig an zu dampfen. Ihre Kollegen in Hamburg haben nämlich ganz schnell heraus gefunden, dass in dem Haus, wo der Einbruch stattfand, vor einigen Wochen der Fotograf Kazkowski aufgetaucht ist, um das Nobelanwesen in seinem Buch aufzunehmen.«

Skeptisch sah Maartens die Hauptkommissarin an.

»Zufall?

Oder gibt es doch ein Kazkowski-System?«

»Wie kam es zu dem Toten?«, quetschte Kathrin Hansen heraus.

»Es muss was schief gelaufen sein«, gab Maartens die Meinung von Lüppertz wider. »Sonst wurde immer nur dann ein Bruch begangen, wenn die Immobilien verlassen waren. Diesmal ist der Hausherr früher von einer Geschäftsreise zurückgekommen und muss die Täter überrascht haben. Mit zwei Schüssen in die Brust wurde er getötet.

Brutal, gefühllos.

Ohne zu zögern.

Und da die Ehefrau in Kur ist, wurde der Tote erst zwei Tage später durch die Putzfrau gefunden.«

»Das ist ja furchtbar«, sagte Kathrin Hansen entsetzt. »Und wenn Kazkowski mit drin hängt, mein Gott noch, dann wird es höchste Zeit, dass wir den Mann zu fassen kriegen.«

Sie fasste Maartens am Arm und zeigte auf eine Bank, die am Holzsteg stand.

»Setzen wir uns.«

Nachdenklich blickte sie zu ihm hin.

»Hätten Sie mir das auch gesagt, wenn wir uns nicht zufällig begegnet wären?«, sagte sie aufgewühlt.

Beruhigend legte Maartens seine Hand auf ihren Arm.

»Ich hatte schon mein Handy in der Hand, als ich Sie kommen sah. Vermutlich liegt in Ihrer Dienststelle aber auch schon der Bericht von Ihrem Chef. Ich vermute mal, der Mord hier auf der Insel und die Unternehmungen von Kazkowski hängen eng zusammen.«

»Und wie eng«, antwortete Kathrin Hansen und erzählte Maartens, dass das Alibi von Kazkowski geplatzt war. Sie wollte noch diesen Viktor S. erwähnen, als ein Pling den Eingang einer Mail auf ihrem Handy ankündigte. Sie sah, das Heidkamp der Absender war und wie üblich war sein Text kurz und knapp:

Treffer!

Bild *Moulin Rouge* in einem Herrenhaus gestohlen!

Eigentümer hatte Kontakt mit Kazkowski!

Kazkowski zur verdeckten Fahndung ausgeschrieben!

Melde mich telefonisch.

Heidkamp.

Tief atmete Kathrin Hansen durch und streichelte nachdenklich Ben. Maartens bemerkte, wie es in ihr arbeitete und ließ sie in Ruhe. Er ahnte, dass sie keine gute Nachricht erhalten hatte.

Nach einer Weile ging ein Ruck durch Kathrin Hansen, sie straffte den Rücken und blickte entschlossen zu Maartens hin.

»Kazkowski steckt bis zu den Ohren mit drin«, erklärte sie. Dann berichtete sie, was sie von Laura Tiefental erfahren hatte und dass der Raub des Bildes sich in Verbindung mit Kazkowski bestätigt hatte.

»Tragen Sie immer Ihre Waffe?«, meinte Maartens plötzlich.

Überrascht blickte ihn Kathrin Hansen an, bemerkte seinen besorgten Blick und zum ersten Mal wurde ihr bewusst, dass sie in eine Situation kommen konnte, in der sie die Pistole benutzen musste. Eine Situation, in der sie gezwungen wurde, auf einen Menschen zu schießen. Und das auf Langeoog, die Insel, die sich für Ruhe, Frieden und Sicherheit verbürgte.

»Na, toll«, schnarzte sie, »Sie haben es richtig gut drauf, einem Mut zu machen.«

13. KAPITEL

Die landesweite Fahndung nach Kazkowski lief auf Hochtouren. Aber es war, als wenn er sich in Luft aufgelöst hätte. Laut des Pförtners war er in seiner Bremer Wohnung seit zwei Tagen nicht mehr aufgetaucht. Sein Handy wurde überwacht, seine Kreditkarte auf Bewegung hin kontrolliert, doch alles negativ.

Unabhängig davon ließ Kathrin Hansen den Fährbetrieb zwischen Langeoog und Bensersiel von Friedrichs und Maike Jansen kontrollieren. Jeder Passagier, der starke Ähnlichkeit mit Kazkowski aufwies, wurde unauffällig gecheckt. Gut, das Maike Jansen die Dienststelle für einige Monate personell verstärkte, kam es Kathrin Hansen in den Sinn. Sonst hätte sie von Wittmund Verstärkung anfordern müssen. Unter Umständen hätte sie den Kollegen Trotzki, der es Ava Sari mal so richtig besorgen wollte, bekommen und wer weiß, wie das ausgegangen wäre. Aktuell musste sie Maike Jansen bei Ankunft der letzten Fähre allerdings vertreten. Die Kollegin war auf einem Seminar in Wittmund, das sie eigentlich schwänzen wollte, aber Kathrin

Hansen hatte das abgelehnt. Die Weiterbildung hatte Priorität.

Sie war spät dran und schaltete den Elektromotor am Bike ein. Eigentlich nicht ihr Ding, doch sie bekam bei dem Gegenwind, gegen den sie ankämpfte, mehr Fahrt drauf.

Als sie um die Segelschule kurvte, sah sie bereits die Fähre Ziel auf die Hafeneinfahrt nehmen.

»Na, das war ja eng«, brummte sie und nahm mit dem Handy Kontakt mit dem Kapitän auf.

»Moin, Hannes«, begrüßte sie ihn. »Habt ihr einen auf der Fähre, der dem Mann auf dem Foto, das ich dir geschickt habe, ähnlich ist?«

»Möglicherweise«, meinte Hannes Friese. »Jan hat sich die Passagiere unauffällig angesehen und meinte, da wäre so ein Typ mit einem Aktenkoffer, also mit so einem, wie die Bürohengste haben. Der Mann hätte zwar eine Strickmütze auf, aber er könnte es sein.«

»Ist er alleine?«

»Mädchen«, ließ sich die Bassstimme von Friese vernehmen, »das können wir nun wirklich nicht wissen. Hier quatschen die Leute auch miteinander ohne sich zu kennen. Du kennst das doch. Und jetzt muss ich Schluss machen, wir laufen ein.«

»Danke, Hannes«, sagte Kathrin Hansen, aber Friese hatte schon aufgelegt.

Sie parkte ihr Bike direkt am Fährzugang, ging auf den Anleger und sah Friedrichs neben dem Fährmann stehen. Sie gab ihm ein Zeichen und ging dann in die Ankunftshalle. Bevor die ersten Fahrgäste kamen, informierte sie Friedrichs über Handy, dass er bleiben sollte, bis er alle Fahrgäste gecheckt hätte. Könnte ja sein, dass der Mann, den der Kapitän gemeint hatte, nicht Kazkowski war. Wenn aber doch, wollte sie herausfinden, wo er eincheckte. Am Morgen, noch vor der ersten Fähre, würden sie ihn festnehmen.

»Flüchten kann er ja kaum«, meinte sie und sah in dem Augenblick den Mann mit einem Aktenkoffer in der Hand, den Passagiersteg herunter kommen.

»Olli, ich glaube, da kommt er, also bis morgen sechs Uhr in der Dienststelle.« Sie hörte wie Friedrichs sich noch etwas in den Bart brummte wegen sechs Uhr und drückte das Gespräch weg.

Laut Foto musste es Kazkowski sein. Trotz der Strickmütze, die er tief in die Stirn gezogen hatte, erkannte sie das gut geschnittene Gesicht mit den langen, schwarzen Haaren, die schulterlang geschnitten waren. Gekleidet war er mit einer schwarzen Jeans und einer dunkelgrauen, teuer aussehenden Wildlederjacke. Darunter ein weißes Seidenhemd. Er macht einen auf solide, ging es ihr durch den Kopf.

Sie wollte abwarten, in welchem Waggon der Inselbahn er einsteigen würde und dann mit dem Bike voraus fahren. Vor dem Zug würde sie am Bahnhof sein und Kazkowski nicht mehr aus den Augen lassen.

Kathrin Hansen war echt gespannt, wo er übernachten würde. Als sie beobachtete, wie der Mann am Zug vorbeiging und auf die Ecke zusteuerte, wo einige Fahrräder standen, glaubte sie es nicht. Und wenn sie richtig sah, blieb er bei einem

Rad stehen und löste eine Kette mit Zahlenschloss.

Scheiße, dachte sie, jetzt kann ich dem auch noch hinterherfahren. Die Tatsache, dass für ihn ein Fahrrad bereitstand, änderte einiges. Es bedeutete, dass er erwartet wurde.

Kathrin Hansen ließ die Beleuchtung aus und fuhr auf weitem Abstand hinter Kazkowski her. Er nahm den geraden Weg über die Betonpiste in Richtung Inselwald. Gut ausgeleuchtet war der Weg kein Problem, nur heute waren, warum auch immer, die Laternen aus. Trotzdem konnte Kathrin Hansen das Pflaster gut erkennen und ließ das Rücklicht vor ihr nicht aus den Augen. Etwa die Hälfte der Strecke durch den Inselwald hatten sie hinter sich, als der Biker vor ihr rechts in einen Waldweg einbog.

Verdammt, was soll das denn jetzt, überlegte sie und sah dem Rücklicht hinterher, das sich auf dem schmalen, unebenen Weg entfernte. Blitzschnell schossen ihr einige Möglichkeiten durch den Kopf, was das Ziel des Mannes sein könnte, aber nichts ergab einen plausiblen Sinn. Frustriert folgte sie ihm und musste höllisch aufpassen, dass sie nicht vom Weg abkam. Als das Rücklicht plötzlich nicht mehr zu sehen war, beschlich sie ein komisches Gefühl. Irgendetwas stimmte nicht. Langsam fuhr sie weiter und überlegte, wie sie sich verhalten sollte, wenn sie plötzlich auf Kazkowski stoßen würde.

Reflexartig prüfte sie, ob ihre Waffe griffbereit war und wäre dabei fast gegen das Rad gefahren, das hingeschmissen auf dem Weg lag. Sie konnte gerade noch ausweichen und unterdrückte einen Fluch.

Angespannt stieg Kathrin Hansen vom Bike und blieb stocksteif stehen. Zwischen den Bäumen sah sie eine Taschenlampe aufleuchten, die hin und her schwenkte. Sie wusste, dass dort ein Bauwagen des Bauhofes stand, der den Leuten während den Waldarbeiten als Pausenraum diente. Der musste das Ziel von Kazkowski sein, was auch immer er da wollte.

Jetzt wurde ihr so richtig mulmig, da ging etwas vor, das nichts Gutes bedeuten konnte. Sie hätte sich gewünscht, Friedrichs wäre an ihrer Seite.

Entschlossen nahm Kathrin Hansen ihre Waffe in die Hand und entsicherte sie geräuschlos. Vorsichtig bewegte sie sich von Baum zu Baum auf den Bauwagen zu. In dem hin und her tanzenden Licht glaubte sie eine Gestalt erkennen zu können und ihr schoss durch den Kopf, dass der Mann da vorne vielleicht ein Mörder war, der nichts mehr zu verlieren hatte. Der ahnte, dass nach ihm gefahndet wurde und keine Skrupel mehr kannte.

Und sie wusste nicht, ob er alleine war.

Kathrin Hansen atmete tief durch.

Sie musste entscheiden, was sie tun würde. Vernünftigerweise sollte sie sich zurückziehen und Hilfe anfordern, doch auf der Insel ging das nicht mal so eben wie auf dem Festland. Zur Verfügung hätte ihr nur Friedrichs gestanden und bis der mit seinem Bike vor Ort war, wer weiß, was da schon alles gelaufen war.

Trotzdem, wenn sie alleine weitermachte, konnte es verdammt ernst ausgehen. Sie beschloss, erst einmal weiter zu beobachten, was da ablief, um dann zu entscheiden, inwieweit sie eingreifen konnte. Mittlerweile war es stockfinster und sie orientierte sich an dem Licht vor ihr. Ätzend war, dass sie mehrmals auf trockene Äste trat, es hörte sich wie Peitschenschläge an. Zum Glück schien Kazkowski mit sich selbst so stark beschäftigt zu sein um darauf zu achten.

Noch ein paar Meter, dann musste sie an dem Bauwagen sein. Der Lichtkegel war nicht mehr zu sehen, der Mann musste im Innern des Wagens verschwunden sein. Erleichtert atmete Kathrin Hansen auf und hörte in dem Moment hinter sich einen Ast knacken. Erschrocken fuhr sie zusammen und wollte sich umdrehen, als sie einen Schlag gegen den Kopf bekam.

Olli Friedrichs war sauer. Erst bestellte seine Chefin ihn für sechs Uhr morgens in die Dienststelle und dann tauchte sie nicht auf. Dabei war sie sonst immer super pünktlich. Hätte sich an der Planung etwas geändert, hätte sie es ihn wissen lassen. Blieb nur, dass sie sich verpennt hatte. Grinsend nahm er sein Handy und stellte sich vor, wie sie aus dem Bett hochschoss und entsetzt auf die Uhr blickte.

Wie weggewischt war sein Grinsen, als die Nachricht kam, dass die Rufnummer nicht erreichbar war.

»Das darf doch jetzt nicht wahr sein«, fluchte er und versuchte es noch einmal.

Nichts.

Er dachte daran, das Kathrin Hansen am Abend alleine hinter dem Mann her war und ihm wurde plötzlich anders. Hoffentlich ist da nichts schief gelaufen, fuhr es ihm durch den Kopf.

Nervös wählte er ihre Festnetznummer.

Es meldete sich Hindrik Dirksen und sechzig Sekunden später stand die Welt für sie auf dem Kopf.

Hindrik informierte sofort seinen Stellvertreter im Erholungsheim und meldete sich für den Tag ab. Friedrichs holte einen fluchenden Heidkamp aus dem Bett und Maike Jansen war bereits auf der ersten Fähre und würde bald eintreffen. Feuerwehr und Inselverwaltung hatten ihre Mithilfe bei der Suche nach Kathrin Hansen zugesagt. Mit ihren Einsatzgeräten konnten sie in kurzer Zeit weiträumig die Insel abgrasen. Allen war schrecklich bewusst, das Kathrin Hansen etwas zugestoßen sein musste.

Hindrik machte sich Vorwürfe, dass er in der Nacht, als er nach Hause gekommen war und gesehen hatte, das Kathrin nicht da war, nicht versucht hatte, sie zu erreichen. Aus Rücksicht darauf, dass er sie in einem ungünstigen dienstlichen Moment erwischen könnte, hatte er sich nicht gemeldet und sich gestresst vom Tagesgeschehen direkt ins Bett gelegt. Er hatte noch auf Kathrin warten wollen und war dann doch eingeschlafen. Jetzt, acht Stunden später, war sie noch nicht aufgetaucht. Vor Sorge hätte er heulen können und stemmte sich wie wild in die Pedale. Von Friedrichs wusste er, das Kathrin gegen einundzwanzig Uhr am Hafen gewesen war um einen

Verdächtigen zu beschatten. Er war den Ablauf durchgegangen und war sich sicher, das Kathrin vom Hafen aus mit dem Bike zum Bahnhof gefahren war und von dort aus die Zielperson verfolgt hatte.

Aber wo war sie gelandet?

Was war mit ihr geschehen?

Im seinem Kopf drehte sich die Karte der Insel wie eine Zielscheibe. Eine Scheibe, auf der er die richtige Stelle treffen musste. Während er verzweifelt durch die Straßen fuhr und nach dem Bike von Kathrin suchte, überlegte er, was es für Möglichkeiten gab. Die Polizisten nahmen sich die Hotels vor und die Touristikzentrale rief bei den privaten Vermietern an, ob am Abend ein Gast eingecheckt hatte. Leute der Feuerwehr fuhren bis Ostende hoch und suchten dort alles ab, während Mitarbeiter des Inselbauhofes den Strand und die Dünen durchkämmten.

In Gedanken ging Hindrik die Gespräche mit Kathrin durch, in denen sie über den Mordfall gesprochen hatten. Er erinnerte sich, dass sie mehrmals einen Export-Import Händler und seine Vorliebe für extravagante Hüte erwähnte. Am Süderdünenring hätte er ein sehr schönes Haus und Kathrin verdächtigte ihn, mit dem Mordfall in Verbindung zu stehen.

Abrupt bremste Hindrik im Polderweg, raste in die Hafenstraße und von dort in den Süderdünenring. Langsam fuhr er an den Häusern vorbei, bis ihm am Ende der Straße ein schönes Backsteingebäude mit auffälliger Gartengestaltung auffiel. Das müsste es sein, überlegte er, fuhr langsam daran vorbei und las auf einer Keramiktafel den Namen. Angespannt warf er einen Blick auf die Fenster, doch nichts bewegte sich, keine Fahrräder standen herum, alles wirkte verlassen.

Hindrik war unsicher, was er machen sollte. Einfach klingeln und sagen, dass er nach der Hauptkommissarin suche, ging nicht. Wenn einer da sein sollte, würde man ihn für verrückt halten. Und ins Haus käme er schon mal gar nicht. Er müsste in den Garten, überlegte er. Wenn Kathrin hierhin verschleppt wurde, dann musste ihr Bike irgendwo herumstehen. Kurz entschlossen fuhr er zurück und musterte bewusst auffällig die Außenanlage. Ging hin und her, beugte sich über den niedrigen Gartenzaun, musterte die Anpflanzungen, war so dreist und bog einige Äste zur Seite um besser in den Garten blicken zu können.

Er wollte auffallen, wollte angesprochen werden.

Wollte sagen, dass ihm die Gartengestaltung so toll gefiele und um den Namen des Planers bitten. Der Rest würde sich ergeben. Etwa fünf Minuten trieb er das Spiel, ohne dass sich eine Nasenspitze blicken ließ.

»Scheiße«, knurrte er und musterte jedes Fenster. Nichts, kein Hauch von Leben, kein Schatten. Entschlossen ging er zur Haustür und klingelte. Sollten sie blöd gucken, er musste wissen, ob Kathrin hier war. Nach mehrmaligen Sturmleuten gab er es auf. Entweder war wirklich keiner da oder man wollte nicht öffnen. Auch gut, dachte er frustriert, dann mache ich es auf die harte Tour. Er zog die Mütze tiefer ins Gesicht, klappte den Kragen hoch, umrundete das Anwesen und an der Stelle, wo kein Nachbar Einblick hatte, kletterte er über den weiß gestrichenen Holzzaun. In Deckung der Bepflanzung bewegte er sich vorsichtig auf die Terrasse zu und registrierte, dass es weder einen Fahrradschuppen noch ein Gartenhaus gab. Wenn Kathrin hier war, musste sie im Haus sein. Aber irgendwie glaubte er nicht mehr daran. Aufmerksam blickte er durch die Terrassentüren ins Innere des Hauses, doch außer einer bedrückenden Stille war nichts festzustellen. Frustriert zog er sich schließlich zurück.

»Scheiße«, fluchte Hindrik und fühlte sich hundeelend. Er hatte das Gefühl, dass ihm die Zeit davonlief. In seinem Kopf wollten sich Bilder festsetzen, Bilder von Kathrin, die verzweifelt versuchte, einem Mörder zu entkommen. Er zwang sich zur Ruhe und überlegte, wo es sinnvoll wäre, noch zu suchen. Weiterhin wahllos durch die Gegend gurken würde nichts bringen. Spontan fiel ihm die Aussichtsplattform ein, die dem Flughafengelände gegenüber lag. Von dort aus hätte er einen Rundblick über das Gelände. Er schwang sich auf das Rad und fuhr über die Hafenstraße am Flughafen vorbei zum Aussichtspunkt. An der Deponie des Inselbauhofes strampelte Hindrik hoch zu der rundum offenen Hütte. Von dort hatte er einen fantastischen Blick über die Insel. Mehr im Unterbewusstsein nahm er den traumhaften Morgen wahr. Den wolkenlosen Himmel, die Brise Seeluft, die vom Meer herüber wehte und die frühen Sonnenstrahlen, die wärmend sein Gesicht streichelten. Wenn Kathrin jetzt bei ihm wäre, würden sie diesen Tag genießen können, ging es ihm schmerzlich durch den Kopf. Stattdessen kramte er aus der Fahrradtasche sein altes Fernglas und suchte konzentriert die Umgebung ab. Doch außer einigen Longhorn Rindern, die sich über die feuchte, saftige Weide hermachten, Graugänse und ihre gefiederten Artgenossen, die ein Höllenspektakel machten, bewegte sich nichts. Nur auf dem Golfplatz schienen zwei Spieler den Morgen schon sportlich zu genießen.

Angespannt beobachtete Hindrik das freie Gelände und registrierte einen Geräteschuppen mit einem überdachten Unterstand für Tiere. Ideal, um darin jemand verschwinden zu lassen, ging es ihm durch den Kopf.

Kathrin verschwinden zu lassen!

Er bekam Panik, hätte brüllen können vor Angst, merkte, wie seine Augen feucht wurden. Um sich abzulenken, kontrollierte er sein Handy, aber außer dass sein Stellvertreter jammerte, dass er einige Jugendliche nicht in den Griff bekäme, gab es nichts von Bedeutung.

Keine Nachricht, dass ein Suchtrupp Erfolg hatte.

Keine Hinweise.

Nichts.

Nur ein Brummen in der Luft, das deutlich näher kam.

Lauter wurde.

Hindrik wurde aufmerksam und sah einen

Helikopter den Flughafen anfliegen. Beim Näherkommen konnte er die Beschriftung lesen und fragte sich, ob Dr. Heidkamp im Anflug war. Er wusste, dass Kathrin große Stücke auf ihn hielt. Der Mann stand hinter seiner Truppe, auch wenn eine Ermittlung mal nicht gut gelaufen war. Und mit Kathrin hatte er es besonders, in der Kunstszene hätte man ihn als ihr Mäzen bezeichnet. Warum auch immer.

Hastig schwang sich Hindrik auf sein Bike, fuhr den Hügel hinunter und trat wie verrückt in die Pedale. An der Rückseite des Flughafengebäudes stellte er das Rad ab und wartete ungeduldig am Empfang auf die Flugpassagiere.

14. KAPITEL

Die Stimmung war auf dem Nullpunkt angelangt. Ava Sari reichte Dr. Heidkamp bereits die dritte Tasse Kaffee, mit Tee käme er nicht in Schwung, meinte er, und Maike Jansen verdrehte in Erwartung seines Geschlürfe bereits die Augen. Sie linste zu Hindrik hin, der bleich und ruhelos auf seinem Stuhl hin und her wibbelte. Sie wusste, dass er sich Vorwürfe machte, weil er am Vorabend nicht versucht hatte seine Lebensgefährtin zu erreichen. Heidkamp hatte ihm die Gewissensbisse ausreden wollen, was nicht viel, beziehungsweise überhaupt nichts geholfen hatte. Seit fünf Stunden waren nun schon die Suchtrupps unterwegs und eine negative Meldung löste die andere ab.

»Wir fangen nochmals von vorne an«, meinte Heidkamp plötzlich, leerte seine Tasse und pikste mit dem Bleistift auf die Inselkarte, die ausgebreitet auf dem Tisch lag.

»Friedrichs«, er blickte zu dem Oberkommissar hin, der auf die Karte starrte, als wenn dort ein fesselnder Film ablaufen würde.

»Sie haben die Hauptkommissarin gestern Abend

am Hafen bei Eintreffen der letzten Fähre gesehen. Und sie beide haben geglaubt, den Gesuchten unter den Passagieren erkannt zu haben.

Richtig?«

Zustimmend nickte Friedrichs.

»Ja, der Mann hatte zwar seine Strickmütze ins Gesicht gezogen, aber wir waren überzeugt, dass es Kazkowski ist.«

»Und doch hat Hansen gesagt, Sie sollen an der Fähre warten, bis der letzte Passagier das Schiff verlassen hat.

Warum?«

»Sie wollte sicher gehen. Sicher gehen für den Fall, dass der Verdächtige doch nicht der Gesuchte ist und ein anderer Fahrgast Kazkowski sein könnte.«

»Und, war da noch einer?«

Heidkamp blickte Friedrichs bohrend in die Augen.

»Garantiert nicht. Kein Mensch hatte Ähnlichkeit mit dem Gesuchten.« Friedrichs zeigte auf den Laptop. »Wir haben uns sicherheitshalber nochmals das Video der Überwachungskameras angesehen, aber nichts, negativ.«

»Gut.«

Heidkamp setzte auf der Karte den Stift am Hafen an und zog entlang der Inselbahnstrecke eine Linie bis zum Bahnhof von Langeoog.

»Während der Verdächtige also entspannt im Zug gesessen hat ist unsere Kollegin auf ihrem Rad nebenher gefahren um Kazkowski am Bahnhof in Empfang zu nehmen.

Verdeckt in Empfang zu nehmen.

Aber dann taucht sie nirgendwo mehr auf.

Kein Mensch kann sich erinnern, Kathrin Hansen an dem Abend gesehen zu haben.

Eine so bekannte Person verschwindet spurlos.«

Frustriert schmiss Heidkamp den Stift auf die Karte.

»Irgendetwas ist anders gelaufen.«

»Und sie hat nicht ihr Handy benutzt«, erinnerte Maike Jansen. Aus den Augenwinkeln bemerkte sie, wie Hindrik aufgeschreckt in die Höhe fuhr und sie mit trüben Augen anstarrte. Er tat ihr Leid und ihr wäre es lieber gewesen, er hätte nicht an der Krisenrunde teilgenommen. Aber er hatte solange gedrängt, dabei sein zu können, bis Heidkamp schließlich zugestimmt hatte.

»Wie könnte es also anders gelaufen sein?«, brachte der Kriminalrat seine Leute wieder in die Spur.

»Vorschläge!

Egal, wie unwahrscheinlich sie sich anhören.«

»Der Verdächtige hatte einen oder mehrere Komplizen auf der Insel, die ihn am Bahnhof abgeholt haben, Kathrin bemerkten, und sie in eine Falle gelockt haben«, meinte Friedrichs.

Nicht überzeugt schüttelte Heidkamp den Kopf.

»Dann müsste die Hauptkommissarin hinter den Typen her marschiert sein und wäre ihnen so nahe gekommen, dass man sie bemerkt und überwältigt hat.« Er blickte in die Runde und seine Leute sahen die Zweifel in seiner Miene.

»Hansen hat Erfahrung mit Schwerkriminellen, ein

solches Risiko wäre sie nicht eingegangen. Sie hätte keinen Alleingang gemacht. Und überhaupt, wo im Ort hätte man sie ausschalten können, ohne dass es jemand bemerkt hätte?«

»Onno, Export-Import, dort wäre es möglich gewesen«, äußerte sich Maike Jansen. »Der Mann stand bei Kathrin ganz oben auf der Liste.«

Fast hätte Hindrik gesagt, dass er sich am Morgen das Haus angesehen hatte, war sich aber nicht sicher, ob das bei dem Kriminalrat so gut angekommen wäre. Er beschloss, es für sich zu behalten, und war gespannt auf die Reaktion von Heidkamp.

»Wäre eine Möglichkeit«, stimmte Heidkamp zu. »Der Mann war auch mein erster Gedanke. Zumal Hansen ihn mit Kazkowski im Seeblick gesehen hat. Nur«, bedauernd hob er die Schulter, »Onno hat gestern Nachmittag die Insel verlassen. Eine Kamera in Bensersiel hat ihn am Fährhafen aufgezeichnet. Und danach wurde er noch gesehen, als er mit seinem Audi den Dauerparkplatz verlassen hat. Er kann also mit dem Verschwinden von unserer Kollegin nichts zu tun haben. Zumindest nicht hier vor Ort. Ich habe trotzdem zwei meiner Leute zu seinem Haus geschickt, aber ohne Ergebnis. Es machte niemand auf. Der Punkt wäre also geklärt.

Trotzdem«, Heidkamp spielte mit der leeren Kaffeetasse, »so ganz ist der Mann bei mir noch nicht vom Bildschirm. Seine Verbindung mit Kazkowski gefällt mir nicht.

Aber jetzt weiter.«

»Querdenken«, sprudelte es aus Maike Jansen

heraus.

»Wir müssen die Perspektive ändern.«

Überrascht blickte Heidkamp sie an. Die manchmal etwas abwegige Denke der jungen Kommissar Anwärterin war ihm nichts Neues. Ihr Vater war Dozent für Mathematik, sie musste seine Gene geerbt haben. Sie war ihm sehr sympathisch, war immer gut gelaunt und wenn es darauf ankam, entschlossen und standfest. Als einziges Kind eines Professoren Ehepaares war sie behütet worden bis zum geht nicht mehr. Er konnte sich noch daran erinnern, wie entsetzt ihre Eltern waren, als sie erfuhren, dass ihre Tochter Polizistin werden wollte. Auf der Polizeihochschule hatte sie dann richtig aufgedreht. In der Theorie zeigte sich ihr hoher IQ, im Sport war sie die Beste und sie hatte keine Probleme, männliche Kollegen im Kampfsport auf die Matte zu legen. Mal sehen, was jetzt kommt, dachte Heidkamp und griemelte sich einen.

»Das hier«, Maike Jansen fuhr mit dem Finger die Linie entlang, die der Kriminalrat vom Fährhafen bis zum Bahnhof gezogen hatte, »könnte anders gelaufen sein. Was ist, wenn der Verdächtige gar nicht mit der Inselbahn gefahren ist, wenn er nicht zum Bahnhof wollte?«

Sie blickte Friedrichs an.

»Olli, du hast gesehen, dass der Mann einen Aktenkoffer bei sich hatte. Wenn er sonst kein Gepäck hatte, musste er also nicht zu den Transportcontainern. Vielleicht wurde er abgeholt, meinetwegen mit einer Elektrokarre. Oder er hat sich mit einem Rad davon gemacht. Kathrin ist ihm nachgefahren und wurde von dem Mann irgendwo abgepasst.«

»Himmel, Arsch und Zwirn«, Heidkamp haute mit der Faust so fest auf den Tisch, dass seine Tasse einen Luftsprung machte.

»Wieso haben wir bis jetzt noch nicht an diese Möglichkeit gedacht?«

Friedrichs wollte ihm sagen, dass das nun mal üblich war, dass die Fährpassagiere mit dem Zug zum Bahnhof fuhren, ließ es bei der grimmigen Miene des Kriminalrats dann aber sein.

»Das ist es doch«, knurrte Heidkamp, »unsere Kollegin ist erst gar nicht bis zum Bahnhof gekommen. Deshalb hat sie auch keiner gesehen.«

Auffordernd sah er Maike Jansen an.

»Sagen Sie mal, wie Sie sich vorstellen, wie es gelaufen sein könnte.« Aufgedreht sah Heidkamp dann zu Ava Sari hin und bat um einen weiteren Kaffee.

»Einen Schnaps könnte ich eher gebrauchen«, knurrte er und konzentrierte sich dann ganz auf die Kommissar Anwärterin.

15. KAPITEL

Verdammt, was ist passiert, fuhr es Kathrin Hansen durch den Kopf, als sie zu sich kam. Sie blickte sich um und versuchte die Situation zu erfassen. Das Letzte, was sie mitbekommen hatte, war ein Schlag gegen den Kopf gewesen. Sie tastete ihn ab und fühlte, wie ihre Finger feucht wurden. An ihrer Hand war Blut und bohrende Kopfschmerzen machten ihr zu schaffen. Sie musste ganz schön was abbekommen haben.

Das darf doch alles nicht wahr sein, dachte sie und registrierte die Stille, die sie umgab.

»Jedenfalls lebe ich noch«, brummelte sie vor sich hin und ihr wurde erschreckend klar, dass es hätte anders kommen können. Etwas benommen erhob sie sich von dem muffigen Boden, stellte erleichtert fest, dass sie sich frei bewegen konnte und ihre Knochen noch heil waren.

Na, wenigstens etwas, dachte sie, griff nach ihrer Waffe und hatte dass leere Holster in der Hand.

»Nein, nur das nicht«, stöhnte sie und fühlte, wie ihre Beine weich wurden. Sie bekam eine Tischkante zu fassen und hielt sich krampfhaft daran fest.

Ihre Waffe war weg.

Eine Horrorvorstellung.

Na super, jetzt saß sie so richtig schön in der Scheiße.

In dem diffusen Mondlicht, das durch das Fenster hereinfiel, versuchte sie auf dem Boden etwas erkennen zu können, was aber in reiner Fantasie ausartete. Impulsiv trat sie frustriert gegen den Tisch und hätte heulen können vor Wut. Schließlich kniete sie sich hin und tastete mit den Händen den Boden ab. Verschob Stühle, ertastete die Räder eines Fahrrades, das wahrscheinlich ihres war und stieß gegen einen Blecheimer. Dem Gestank nach mussten in ihm Reste von Fastfood Essen vor sich hin gammeln. In einer Ecke entdeckte sie einige diverse Arbeitsgeräte, das war es dann auch.

Von der Waffe keine Spur.

Fluchend tastete sie nach einem Stuhl und setzte sich. Sie hätte sich irgendwohin beißen können, dass sie so blöd gewesen war und den Verdächtigen bis in den Wald hinein verfolgt hatte. Und das, ohne ihren Kollegen Bescheid zu geben. Entgegen allen Regeln, die sie einmal gelernt hatte. Die Gardinenpredigt von Heidkamp würde es in sich haben. Dazu musste sie ihm auch noch Recht geben.

Trotzdem, das wäre alles noch auszuhalten, wenn nur ihre verdammte Waffe nicht weg wäre. Wenn die von Kriminellen benutzt würde, käme ein richtig fieser Schlamassel auf sie zu.

Kathrin Hansen starrte durch das Fenster in die Dunkelheit und klammerte sich an die Hoffnung, dass die Pistole ihr aus der Hand gefallen war und irgendwo dort draußen herum lag. Mist, mein Handy, schoss es ihr durch den Kopf. In lauter Panik um die Pistole hatte sie das ganz vergessen. Hastig griff sie in die Taschen ihrer Jacke und Hose, aber mit Handy war auch nichts.

»Na, super, jetzt kann ich es mir hier ja richtig gemütlich machen«, knurrte sie und versuchte das Innere des Bauwagens zu checken. Ihr Blick blieb an der Tür hängen. Weniger überzeugt, dass sie sich öffnen ließ, als mehr des Versuches wegen, rappelte sie an der Klinke, warf sich kräftig gegen das Türblatt, was ihre Kopfschmerzen explodieren ließen. Mit den Fingerspitzen fasste sie sich an die Stirn, presste fest dagegen und versuchte die Ruhe zu bewahren. Es war unwahrscheinlich, überlegte sie, dass der Mann, der sie niedergeschlagen hatte, zurückkommen würde. Sie war sich sicher, dass es Kazkowski war. Nur wieso er zu dem Bauwagen gefahren ist, das ergab keinen Sinn. Übernachten wollte er in dem Ding bestimmt nicht. Es konnte nur so sein, dass er sie bemerkt hatte und in den Inselwald gefahren ist um sie dort loszuwerden.

Und sie war prompt in die Falle gestolpert.

Wieder wurde ihr bewusst, dass er sie hätte töten können. Wenn die Morde an Tiefental und an dem Besitzer der Hamburger Nobelhütte auf sein Konto gingen, hätte es Kazkowski auf einen Mord mehr oder weniger nicht ankommen können. Vielleicht hatte er sie leben lassen, weil sie Polizistin war.

Mein Ausweis, schoss es ihr durch den Kopf und

sie griff in die Innentasche ihrer Jacke. Sie fühlte das Ledermäppchen und atmete auf. Bemerkte aber, dass es nicht wie gewohnt eingesteckt war. Kazkowski musste sich den Ausweis angesehen haben.

»Puh, das war knapp«, brummelte sie und merkte, wie es ihr flau wurde. Die Schmerzen im Kopf wurden stärker, sie brauchte frische Luft und eine aggressive Schmerztablette. Abschätzend musterte sie das Nadelöhr von einem Fenster und überlegte, ob sie die Scheibe einschlagen sollte um sich bemerkbar zu machen. Nur würde sich in dieser Ecke kein Mensch die Nacht um die Ohren schlagen. Und ihre Leute würden sie erst am Morgen vermissen. Hindrik wusste es nicht anders, als dass sie hinter einem Mörder her war und bei ihr Feierabend derzeit Schall und Rauch waren. Wahrscheinlich pennte er schon und würde sich erst am Morgen mit Blick auf das Handy fragen warum sie sich nicht gemeldet hatte. Etwas, das sie grundsätzlich immer tat. Und wenn es nur eine WhatsApp mit einem knappen Icon war.

Kathrin Hansen hätte ausrasten können, als ihr so richtig bewusst wurde, dass sie fest saß und kein Mensch sie vermissen würde. Hoffentlich kam überhaupt jemand auf die Idee, in diesem verlassenen Teil der Insel nach ihr zu suchen. Sie sah schon die Schlagzeile im Insel Report: Hauptkommissarin Kathrin Hansen in einem Bauwagen festgesetzt.

Ostfriesland würde sich über sie totlachen.

Zwei Stunden hatte ihnen Heidkamp gegeben, hatten sie bis dahin Kathrin Hansen nicht gefunden, würde er von Wittmund die Hundestaffel anfordern. Etwas, dass sie unbedingt vermeiden wollten. Solch ein Einsatz würde einen riesen Wirbel veranstalten, der mächtig am Image der Familieninsel nagen würde. Gar nicht auszudenken, wenn die Feriengäste mitbekämen, dass ein Mensch verschwunden ist. Den Mord an Tiefental hatten sie ja noch bedeckt halten können, bei einem Polizeiaufgebot mit Hundestaffel war das nicht mehr möglich.

Maike Jansen, ihr Kollege Friedrichs und Hindrik rasten mit ihren Rädern in Richtung Hafen. Nach der Darstellung von Maike Jansen, dass der gesuchte Kazkowski vom Hafen aus nicht mit der Inselbahn gefahren war, sondern sich mit einem Fahrrad abgesetzt haben könnte, waren sie alle Möglichkeiten durchgegangen. Es war denkbar, dass Kazkowski in entlegene Gebiete gefahren war, was aber als eher unwahrscheinlich galt. Schließlich waren sie übereingekommen, dass er entweder den direkten Weg über die Hafenstraße genommen hatte, oder aber am Deich entlang Richtung Nordküste gefahren ist. Wobei diese Route zweite Priorität hatte.

Friedrichs tat sich bei der Vorstellung, das Kathrin Hansen bei der Verfolgung des Verdächtigen in den Inselwald gefahren war, schwer. Er konnte sich nicht vorstellen, dass sich dort abends jemand herumtreiben würde. Dagegen waren Maike Jansen und Hindrik überzeugt, dass es nur so gelaufen sein könnte und wollten sofort los. Kriminalrat Heidkamp hatte sie anfangs ausgebremst, schließlich aber sein Okay gegeben. Befristet für zwei Stunden.

Etwa auf Mitte der Strecke zum Hafen hielt Maike Jansen an und zeigte auf die Wege, die rechts und links in den Wald hinein führten.

»Wir müssen uns trennen«, meinte sie und zeigte auf Friedrichs.

»Ich schlage vor, dass du Olli, den Weg in Richtung Osten fährst, Hindrik und ich übernehmen die andere Seite. Sobald einer von uns was entdeckt hat, meldet er sich.«

Friedrichs schüttelte den Kopf, er war nicht begeistert, dass sie sich trennen sollten.

»Das kann ich nicht verantworten. Wenn Kathrin hier was passiert ist, müssen wir mit allem rechnen«, äußerte er sich besorgt und bemerkte, wie Hindrik betroffen das Gesicht verzog.

»Damit meine ich, dass wir auf wen auch immer treffen könnten und dann ist es besser, dass wir zusammen sind.«

Ernst blickte er Hindrik an.

»Hindrik, du bist Zivilist, du kannst nicht weiter mit. Warte hier, bis wir zurückkommen.«

»Olli«, Hindrik sah Friedrichs entschlossen an.

»Hier geht es um Kathrin, ich bleibe dabei.«

Damit stieg er aufs Rad und fuhr in den Waldweg, den Maike Jansen gemeint hatte. Er hörte noch, wie Friedrichs vor sich hin fluchte, von wegen Verantwortung, und konzentrierte sich dann auf den Waldweg.

Als sie die Augen aufschlug, auf die Uhr blickte und registrierte, dass die Nacht vorbei war, konnte sie es kaum glauben. Tatsächlich hatte sie einige Stunden auf dem Boden des Bauwagens geschlafen.

Wahnsinn.

Stöhnend rappelte sie sich auf, spürte alle Knochen im Leib und blickte benommen durch das Fenster.

Draußen war es taghell.

Sie blickte gegen Birkenbäume, die dicht am Bauwagen standen, sah dahinter junge Buchen dem Licht entgegenstreben und Totholz erinnerte sie daran, dass alles vergänglich war.

Sie fühlte sich am Arsch der Welt.

Wie ausgesetzt.

Ihr Kopf brummte immer noch und der Mund war wie Schmirgelpapier.

Rundum Totenstille.

Sie musste was unternehmen.

Eingehend untersuchte sie das einfache Schloss der Tür und kam zu dem Schluss, dass es leicht zu knacken sein müsste. Eigentlich sollte in dem Bauwagen Werkzeug sein, überlegte sie und fixierte ein Regalbrett an der Wand. Im Dunkeln war ihr das nicht aufgefallen. Fein säuberlich aufgereiht standen darauf kleine blaue Kunststoffboxen, wie sie im Baumarkt zu kaufen waren. Ideal für die Lagerung von allem möglichen Kleinkram.

»Da könnte ich ja Glück haben«, brummelte sie vor sich hin und guckte, was es so alles gab. Außer ein Sortiment Nägel bis Größe geht nicht länger, fand sie einen Schraubendreher, Hammer, eine Kneifzange und noch ein Flacheisen. Wenn sonst nichts ging, bekäme sie damit auf jeden Fall die Tür auf. Ihre Vorstellung ging allerdings in eine andere Richtung. Vielleicht konnte sie ja noch das Schlimmste verhindern.

Verhindern, dass die Leute vom Bauhof überhaupt merkten, dass jemand in ihrem Heiligtum gewesen ist.

Konnte verhindern, dass die sich jedes Mal totlachten, wenn sie hier ihren Tee schlürften und an ihre Inselpolizistin dachten.

Schließlich nahm Kathrin Hansen eine Rolle dicken Draht aus einer Box, knipste mit der Kneifzange ein Stück ab, stellte sich die Form des Dietrichs vor, den sie in ihrer Schreibtischschublade liegen hatte und versuchte den Draht entsprechend zu formen. Na, das könnte es doch sein, dachte sie schließlich zufrieden und fummelte mit ihrem Kunstwerk in dem Türschloss herum. Nach kurzer Zeit war sie dann selbst überrascht, als es klick machte und sich die Tür öffnen ließ. Vorsichtig spinkste sie nach draußen, konnte nichts bemerken und sprang schnell die Stufen hinunter ins Freie.

Ihr erster Gedanke galt ihrer Waffe. Sie ging zu der Seite des Bauwagens, wo sie sich den Schlag gegen den Kopf einkassiert hatte und sah tatsächlich unter dem Wagen die Pistole liegen. Bei der Dunkelheit hatte der Täter sie offensichtlich nicht bemerkt.

Kathrin Hansen wäre fast auf die Knie gesunken und hätte dankbar den Waldboden geküsst. Das Schicksal war ihr noch mal gnädig gewesen. Schnell überprüfte sie die Pistole und steckte sie ins Holster. Obwohl sie glaubte, dass sie das Handy draußen nicht verloren haben konnte, suchte sie den Boden danach ab. Negativ, der Mann musste es ihr aus der Tasche gezogen und mitgenommen haben. Jetzt machte es sich bezahlt, dass sie es mit einem Code gesichert hatte, den würde er nicht knacken können.

Schon wesentlich ruhiger stieg sie in den Bauwagen, suchte nochmals alles ab, ob sie nicht etwas hatte liegen lassen, trug ihr Bike ins Freie und schloss die Tür. Abschließend suchte sie um den Bauwagen herum sorgfältig den Platz ab, ob sie was finden würde, das später als Beweis gegen den Täter verwendet werden könnte.

Negativ.

Sie glaubte sowieso nicht, das Kazkowski sich hier länger aufgehalten hatte. Nachdem er sie festgesetzt hatte, hatte er sich garantiert schleunigst davon gemacht.

Erleichtert schwang sie sich auf ihren Drahtesel, spürte die Frische des Morgens und dachte an Hindrik. Sie musste sehen, dass sie ihn schnellstens informierte, dass sie fit war. Der würde sich ganz bestimmt Sorgen machen, immerhin hatten sie vor vierundzwanzig Stunden das letzte Mal miteinander telefoniert. Und dann konnte sie es kaum glauben, als Hindrik plötzlich wie ein Waldgeist auf seinem Rad auftauchte und offensichtlich Höchstgeschwindigkeit fuhr. Hinter ihm sah sie Maike Jansen, die sichtlich Mühe hatte, den Anschluss nicht zu verpassen.

Kaum hatte Hindrik sie erreicht, sprang er vom Rad, lief auf sie zu und drückte sie, dass sie sämtliche Rippen spürte.

»Bin ich froh, dass ich dich wieder habe«, presste er heraus und sah sie besorgt an. Er bemerkte die Kopfverletzung, sah die dunklen Ringe unter ihren Augen und zog sein Handy heraus.

»Ich rufe den Rettungsdienst«, sagte er, »du musst sofort zum Arzt und darfst auf keinen Fall mehr fahren.«

»Nur nicht«, Kathrin Hansen drückte ihm einen schnellen Kuss auf die Backe und sah ihn beruhigend an.

»Mir geht es gut, es sieht schlimmer aus, als es ist. Wir sehen uns die Platzwunde zuhause an. Ich kann dann immer noch zum Hausarzt gehen.«

Dann ging sie zu Maike Jansen und nahm sie in die Arme.

»Maike, tut mir Leid, dass ich euch Sorgen gemacht habe, aber es ist blöd gelaufen.«

Sichtlich bewegt wischte Maike Jansen sich mit der Hand über die Augen und winkte ab.

»Wir haben dich wieder, alles ist gut.«

Sie setzten sich gerade auf einen Baumstamm, als Friedrichs angedüst kam. Grinsend bemerkten sie, wie er ungläubig aus der Wäsche guckte.

»Das glaube ich jetzt alles nicht«, raunzte er, stürmte auf Kathrin Hansen zu und drückte sie, dass sie keine Luft mehr bekam.

»Mann, bin ich froh, dass du noch ganz bist«, meinte er und sah sie prüfend an.

»Na ja, so ganz ungeschoren bist du ja nicht davon gekommen.«

Er zeigte auf ihren Kopf und meinte, sie müsste

sofort zum Arzt. »Besser noch, ich rufe den Rettungsdienst.«

Kathrin Hansen wehrte ab und zeigte auf Hindrik.

»Habe ich alles schon gehabt, Olli. Mir geht es gut. Berichte mir lieber, wie die Dinge stehen.

Okay«, meinte Kathrin Hansen, nachdem sie den Stand der Dinge verinnerlicht hatte und atmete einmal tief durch.

»Ich informiere jetzt Heidkamp, sonst fordert der wirklich noch eine Hundestaffel an.«

Bei dem Gedanken an das Gespräch wurde es ihr dann doch etwas mulmig, sie blinzelte zu Hindrik hin und hätte sich eigentlich was Schöneres vorstellen können. Dann aber bat sie entschlossen Friedrichs um sein Handy und rief den Kriminalrat an.

16. KAPITEL

Nachdem unerwartet schonend die Gardinenpredigt von Heidkamp ausgefallen war, am Schluss hatte er sie sogar in den Arm genommen und Kathrin Hansen hatte den Verdacht, dass ihr Verschwinden ihm mehr zugesetzt hatte als ihr, ging sie dann doch noch zu ihrem Hausarzt.

»Da haben Sie ja mächtig Schwein gehabt«, knurrte Dr. Lötz und machte eine bedenkliche Miene. »Etwas tiefer und die Schädeldecke wäre verletzt worden. Wie ist das denn passiert?«

»Och, ich habe blöderweise mal nicht aufgepasst«, schwächte Kathrin Hansen den Vorfall ab. Auch ihr Hausarzt musste schließlich nicht alles wissen.

»Mal nicht aufgepasst, aha«, grinste Lötz und blickte sie vielsagend an. »Da kann ich mir ja einiges drunter vorstellen.«

Genau, dachte Kathrin Hansen, und ließ es dabei bewenden. Nachdem sie behandelt worden war, wollte sie nur noch nach Hause und ausgiebig duschen. Der ganze Dreck und Frust mussten runter. Die Fahndung nach Kazkowski lief auf Hochtouren und Heidkamp hatte ihr versprochen, sie anzurufen, sobald sich was Neues ergeben würde.

Vor ihrer Dienstbesprechung war Hindrik schon nach Hause gefahren und als sie in das Haus kam, schlug ihr ein verführerischer Duft aus der Küche entgegen. Jetzt merkte sie erst so richtig, wie ausgehungert sie war und Wahnsinn, Hindrik hatte auf die Schnelle mal wieder etwas Köstliches gezaubert. Er kam ihr dann auch schon in seiner rotkarierten Hausmann-Schürze entgegen und nahm sie fest in die Arme. Sie presste sich gegen ihn und merkte, wie die Anspannung langsam nachließ.

»Wie war es bei deinem Chef?«, fragte Hindrik nach einer Weile und löste sich behutsam von ihr.

Erleichtert winkte sie ab.

»Alles gut. Ich glaube, der war mehr fertig als ich.«

Sie spinkste in die Küche, sah, dass in der Pfanne etwas vor sich hin brutzelte und im Backofen Ofenkartoffeln auf dem Rost lagen. Dazu registrierte sie auf dem gedeckten Tisch eine große Schüssel gemischten Salat. Ihr lief das Wasser im Munde zusammen. Schnell gab sie Hindrik einen Kuss, meinte, sie müsste noch duschen und versprach sich zu beeilen.

Als Hindrik gerade die Ofenkartoffeln mit Rosmarin bedeckte, tauchte Kathrin auch schon wieder auf. Sie hatte ein weites T-Shirt und bequeme Shorts angezogen, sah umwerfend fraulich aus und Hindrik tat sich schwer, sich auf seine Arbeit zu konzentrieren.

»Was hat mein Küchenchef denn so zu bieten«, meinte Kathrin Hansen schmunzelnd und spinkste auf das Essen. Hindrik reichte ihr ein Glas Orangensaft, stieß mit ihr an und meinte, dass jetzt Entspannung angesagt sei. Dabei linste er in ihr offen geschnittenes T-Shirt und Kathrin Hansen, die den Schalk in seinen Augen bemerkte, zeigte mit strenger Miene in die Küche.

»Ab mit dir an den Herd, die Nachspeise muss erst verdient werden.«

Sie ulkten herum, Kathrin Hansen half beim Decken des Tisches und dachte daran, dass sie noch wenige Stunden zuvor in einem Bauwagen fest gesessen hatte. Dass sie einem mutmaßlichen Mörder ins Netz gegangen war und unwahrscheinliches Glück gehabt hatte. Prüfend sah sie zu Hindrik hin und bemerkte, dass er blass und mitgenommen aussah. Ihr Verschwinden musste ihm stark zugesetzt haben. Impulsiv nahm sie ihn in die Arme und küsste ihn.

»Hilfe«, brummelte er nach einer Weile, »ich dachte, die Nachspeise käme erst später.«

»Das war die Vorspeise«, lachte Kathrin Hansen und machte sich dann über das Essen her. Dabei berichtete sie, wie alles abgelaufen war.

»Das bedeutet aber«, sinnierte Hindrik, »das Kazkowski dich nun kennt. Und es bedeutet weiterhin, dass er weiß, dass er gesucht wird. Damit dürfte ihm klar sein, dass er nichts mehr zu verlieren hat.«

Bevor Kathrin Hansen antworten konnte, brummte ihr neues Handy und im Display erschien die Nummer von Heidkamp.

»Es muss was Wichtiges sein«, seufzte sie und

nahm das Gespräch an.

»Keine Angst, Sie brauche ich noch nicht«, beruhigte Heidkamp sie sofort. »Ich wollte Sie nur darüber informieren, dass wir einen interessanten Anruf aus Hamburg erhalten haben.« Dann, wie konnte es anders sein, hörte Kathrin Hansen das bekannt geräuschvolle Geschlürfe, ein Zeichen, dass ihr Chef sich wieder mit Koffein aufputschte.

»Ein Anruf von einem Toni Preuster, sagt Ihnen der Name was?«

»Toni Preuster?

Der Name kommt mir bekannt vor«, überlegte sie laut.

»Hamburg, sagten Sie?«

Und dann fiel es ihr wieder ein.

»Preuster und Sohn, das ist doch der Hutladen, der die Marke Blackstyle verkauft.«

»Genau. Toni ist der Sohn und Geschäftsführer«, erklärte Heidkamp. »Heute ist in dem Laden eine Verkäuferin aus dem Urlaub zurückgekommen und hat das Foto von Kazkowski und Onno, das die Hamburger Kollegen dort haben liegen lassen, gesehen. Die Frau hat zweifelsfrei Onno als langjährigen Kunden erkannt.«

Kathrin Hansen hörte ein Gurgeln und verdrehte die Augen. Heidkamp missbrauchte seinen Kaffee anscheinend auch noch für andere Zwecke. Und vom Hocker riss sie die Aussage der Verkäuferin auch nicht. Onno als Kunde des Ladens war ja nichts Neues.

»Was aber neu ist«, Heidkamp schien Gedanken

lesen zu können, »ist, dass auch Kazkowski der Verkäuferin bekannt vorkam. Sie glaubte ihn im Geschäft bedient zu haben und hat im Computer nachgesehen. Tatsächlich hat er vor drei Wochen bei ihr einen Blackstyle gekauft.

Blackstyle, die Marke, die Onno trägt.

Bezahlt hat Kazkowski mit Kreditkarte, sein Name steht auf dem Zahlungsbeleg.«

Wahnsinn, durch den Kopf von Kathrin Hansen schossen die Gedanken. Sie versuchte diese Tatsache einzuordnen und spontan fielen ihr zwei Möglichkeiten ein. Entweder trug Kazkowski auch einen solchen Hut oder er hatte anderes mit ihm vorgehabt.

»Konnte die Verkäuferin auch noch die Größe des Hutes feststellen?«, fragte sie.

»Und ob, endlich mal ein Mensch, der mitgedacht hat. Die Frau hat sogar die Größe mit der von Onno verglichen. Ist aber nicht identisch. Der Hut, den Kazkowski gekauft hat, ist Größe M, während Onno eine Nummer größer trägt. Merkwürdig war, so die Verkäuferin, dass der Hut Kazkowski zu klein war. Trotzdem hat er ihn gekauft. Sie hat es darauf zurückgeführt, dass er im Preis reduziert war. Innen im Schweißband hatte er eine Verfärbung, die Kazkowski aber nicht gestört hat.«

»Wir müssen sofort wissen, welche Größe der Blackstyle hat, der über dem Ermordeten platziert war und ob das Schweißband die besagte Verfärbung hat«, meinte Kathrin Hansen elektrisiert.

»Schon passiert, absolute Identität. Damit dürfte

der Mörder von Tiefental feststehen.«

Heidkamp stöhnte auf.

»Ich darf gar nicht daran denken, dass Sie in seiner Gewalt waren. Danken Sie den Inselgöttern, dass sie sich jetzt von ihrem Hindrik verwöhnen lassen können.«

Damit beendete er das Gespräch.

Von Hindrik verwöhnen lassen, Heidkamp musste telepathische Fähigkeiten haben, schmunzelte Kathrin Hansen in sich hinein. Dann sah sie in das besorgte Gesicht von Hindrik, winkte ab und meinte, alles wäre gut.

17. KAPITEL

Um fünf Uhr früh riss der Song *What A Wonderful World* Kathrin Hansen aus dem Tiefschlaf. Benommen tastete sie nach dem Handy und starrte aufs Display.

Langeooger Nummer.

Mit einem miesen Gefühl nahm sie das Gespräch an. Und mit der wundervollen Welt war nichts mehr.

»Moin, ich habe hier einen am Hafen liegen«, stammelte Harro Hapke. »Kathrin, du musst direkt mal kommen.«

»...habe hier einen am Hafen liegen.«

Kathrin Hansen überlegte, ob Hapke einen im Tee hatte.

»Harro, alles klar bei dir, weißt du, wie früh es ist?«, knurrte sie ihn an.

»Mädchen, wenn hier einer liegt, der nicht hier hin gehört und dem die Scheiße aus dem Bauch quillt, gucke ich nicht erst auf die Uhr um dich anrufen zu können. Mach hin und schick den Leichenwagen vorbei. Ich will hier alles ordentlich haben, bevor der Betrieb losgeht.«

Schlagartig war Kathrin Hansen hellwach.

»Harro, liegt da ein Toter?«

»Sag ich doch die ganze Zeit.«

Kathrin Hansen war sich unsicher, ob sie ihm glauben konnte. Seitdem seine Frau verstorben war, trank Hapke schon mal gerne einen über den Durst. Kürzlich erst hatte sie ihn abends aufgegabelt, als er sternhagelvoll schluchzend vor dem Grab seiner Frau gesessen hatte.

»Ist es ein Mann oder eine Frau?«, fragte sie.

»Mann«, brüllte Hapke hektisch ins Handy.

»Dem wurde der Schwanz abgeschnitten und ihm ins Maul gestopft.«

Ihr wurde schlecht, sie packte die Bettkante und presste sie so fest, dass die Finger weiß wurden. Die Hoffnung, dass Hapke herum fantasierte, war zerplatzt.

»Wo am Hafen bist du?«

»Direkt vor der Segelschule.«

»Okay, Harro, ich bin gleich da. Du packst nichts an und lässt keinen an den Toten heran. Du bist mir dafür verantwortlich. Ist das klar?«

»Klar, hier kommt mir keiner in die Nähe.«

Durch das Gespräch war Hindrik wach geworden und sah Kathrin mit zusammen gekniffenen Augen an. Er hatte bemerkt, wie sie zusammengezuckt war und kalkweiß im Gesicht aus dem Bett sprang.

»Was ist los«, fragte er und ahnte die Antwort bereits.

»Wenn Harro Hapke nicht total besoffen ist, ist die Hölle los«, quetschte Kathrin Hansen heraus.

»Dann haben wir einen weiteren Toten.

Ermordet.

Ein Mann, den man aufgeschlitzt und ihm sein bestes Stück abgeschnitten hat.

Ich glaube, hier spielt sich krass was Irres ab.«

Sie trommelte Friedrichs und Maike Jansen aus den Betten und schmiss sich dabei in ihre Klamotten. Kriminalrat Heidkamp wollte sie erst informieren, wenn sie sich davon überzeugt hatte, dass es wirklich einen Mord gab. Als sie aus dem Bad kam, stand Hindrik auch schon fertig angezogen da und sein entschlossener Gesichtsausdruck ließ sie ahnen, dass sie ihn nicht abhalten konnte, mitzukommen.

Am Hafen staunte sie dann nicht schlecht, als sie sah, dass Hapke großräumig um den Toten Poller von der Segelschule aufgestellt hatte.

»Moin, Harro, das hast du echt gut gemacht«, sagte sie und klopfte ihm anerkennend auf die Schulter.

»Na ja«, ein verlegenes Grinsen stahl sich über sein Gesicht. »Ich gucke doch sonntags immer den Tatort, da machen die das doch so.«

»Ist hier schon jemand vorbeigekommen?«

»Nö, solange ich hier bin, nicht. Und das ist seit kurz vor fünf. Ich habe dich dann ja direkt angerufen.«

Der Tote lag so ausgerichtet auf der Kaimauer, dass sein Gesicht nach Osten zeigte. Nach Osten, über das Meer, wo die aufsteigende Sonne einen herrlichen Tag versprach. Nur, dass es für den Ermordeten keinen Tag mehr geben würde.

Er war nackt.

Seine Beine und Arme waren gespreizt, der Bauch

bis zu den Schamhaaren aufgeschlitzt. Gedärme und Organfetzen quetschten sich aus dem Bauchraum und sein abgeschnittenes Geschlechtsteil hatte man ihm in den Mund gestopft. Aus den Augenwinkeln heraus bemerkte Kathrin Hansen, wie Friedrichs über die Kaimauer kotzte und Maike Jansen auf den Ermordeten starrte, als wäre sie eingefroren.

»Kazkowski, das ist Borislav Kazkowski«, stöhnte Kathrin Hansen.

»Jetzt sitzen wir so richtig in der Scheiße.«

Sie blickte in die trüben, aufgerissenen Augen und musterte das Einschussloch in der Stirn des Toten. Genau mittig, der Schuss musste mit aufgesetzter Pistole erfolgt sein.

»Es war eine Hinrichtung«, flüsterte Kathrin Hansen.

»Hingerichtet wie Tiefental.«

»Mit der Abweichung, dass er nicht erstickt, sondern erschossen wurde«, gab Maike Jansen, die wieder zum Leben erwachte, von sich.

»Ein etwas leicht angenehmerer Tod.«

Erstaunt nahm Kathrin Hansen die Reaktion der jungen Kommissar Anwärterin zur Kenntnis. Wie schnell sie den entsetzlichen Anblick wegsteckte, während ihr Kollege sich immer noch einen abwürgte.

»Maike, du glaubst, dass es dieselben Killer waren?«

»Garantiert. Und ich fürchte, mit der ostfriesischen Gemütlichkeit ist es erst mal vorbei.«

Bedrückt nickte Kathrin Hansen und ging zu

Hapke.

»Harro, wir müssen den Toten abdecken, denn es wird eine Weile dauern, bis die Kollegen vom Festland hier sind. Sieh doch mal, ob du in der Segelschule eine große Plane oder so was Ähnliches auftreiben kannst.«

Sie drehte sich um, starrte auf den toten Kazkowski und tippte im Handy auf die Nummer vom Kriminalrat.

Einer mehr, dem der Tag versaut würde.

Sie mussten ehrlich zugeben, dass sie heilfroh waren, als ihre Chefin verkündete, dass für den Tag Feierabend angesagt war. Nonstop waren sie im Einsatz gewesen. Immer unter dem Druck, dass nichts von dem Mord an die Öffentlichkeit durchsickern durfte. Die Folgen wären für den Fremdenverkehr katastrophal gewesen. Sie gingen zu ihren Rädern und Friedrichs blickte verstohlen zu seiner Kollegin hin. Ihm lief es immer noch nach, dass er am Morgen beim Anblick des Ermordeten schlapp gemacht hatte, während Maike Jansen cool geblieben war.

»Ich möchte einen ausgeben«, sagte er spontan.

»Was hältst du von einem Matjes Brötchen?«

Überrascht blickte ihn Maike Jansen an. Ihr Kollege war, um es vorsichtig auszudrücken, für seine Sparsamkeit bekannt.

»Oh, Olli, das ist aber eine Überraschung. Eigentlich habe ich nichts mehr vor, von daher gerne. Aber nur, wenn ich für die Getränke aufkomme.«

»Na super, dann fahren wir zum Fischhus, da ist der Matjes fangfrisch und besonders lecker.«

Maike Jansen blickte in den wolkenlosen Himmel, bemerkte jetzt erst so richtig, was für ein warmer Tag es war und ihr schoss eine Idee durch den Kopf.

»Was hältst du davon, wenn wir den Matjes und das Bier mit zum Strand nehmen? Dort genießen wir dann die Ruhe und das Meer.«

Friedrichs war sofort begeistert und wusste auch schon, wo sie gekühltes Bier bekämen.

Mit einem gut gefüllten Rucksack auf dem Rücken fuhren sie durch das Pirolatal bis zum Zugang Hundestrand. Entlang der Wasserlinie stapften sie mit nackten Füßen östlich in Richtung Drachenstrand und entdeckten eine an die Dünen angrenzende Einbuchtung.

»Das ist genau das richtige Plätzchen«, meinte Maike Jansen. Sie packten den Matjes und das Bier aus und atmeten tief durch. Vor sich sahen sie zwei Fischerboote, die ihre Netze ausgeworfen hatten und auf Sichtweite fischten.

Eine leichte, warme Brise umschmeichelte sie, Möwen segelten durch die Luft und krächzten empört, wenn ein Kollege ihnen einen leckeren Happen wegschnappte.

Es war spektakulär schön.

Friedlich.

»Wenn man hier sitzt, kann man kaum glauben, was für grausame Dinge vor wenigen Stunden passiert sind«, meinte Maike Jansen nachdenklich.

»Warum können die Menschen nicht friedlich

miteinander leben?«

»Es ist die Gier nach Geld. Nach Geld und Macht«, sinnierte Friedrichs. »Sie treibt die Menschen an, schreckliche Dinge zu tun. Und je höher das Konsumdenken, umso dünner wird die Hemmschwelle, die rote Linie zum Kriminellen zu übertreten.«

Er blickte über das Meer und freute sich, dass er mit seiner Kollegin Matjes Brötchen aß und sich ein Bierchen schmecken ließ. Nicht gerade ein feudales Essen, aber er hätte es mit keinem Sterne Menü getauscht. Unwillkürlich dachte er an Klara, die ihm vor drei Tagen eine Mail geschickt hatte. Eine Mail, in der sie in drei Sätzen ihre Beziehung aufgekündigt hatte. Ein Leben mit einem Polizisten wäre nicht das, was sie sich für ihre Zukunft vorstellte, hatte sie geschrieben. Er war erleichtert gewesen, dass es auf diese Weise zwischen ihnen geendet hatte. Seit einiger Zeit schon hatte er bemerkt, dass Klara nicht die Frau war, mit der er ein gemeinsames Leben verbringen könnte. Sie war zu sprunghaft, musste immer was Neues ausprobieren, war oft unzufrieden und stellte Ansprüche, die er nie hätte erfüllen können. Er nahm einen großen Schluck Bier und sah Maike Jansen von der Seite her an.

»Ist schön, dass du mitgefahren bist«, meinte er und hoffte, dass es ihr auch gefiel.

Maike Jansen beobachtete die Wellen, die sich näher zum Strand hin vordrängten. Sie wusste um die Gutmütigkeit, die sich hinter dem sturen Ostfriesenschädel von Friedrichs versteckte. Verglich ihn mit den Windhunden, die ihr auf der Hochschule nachgestellt hatten, um mit ihr in die Kiste zu steigen. Um danach dem nächsten Opfer aufzulauern.

Friedrichs war anders.

Er war ein Kind der Insel. Verwachsen mit der Natur, hatte er Stürme und Sturmfluten erlebt. So geprägt, stand er seinen Mann. In den letzten Wochen hatte sie gespürt, dass das Verhältnis zwischen ihm und seiner Freundin am Bröckeln war und dass ihm dies schwer zusetzte. Aber er hatte geschwiegen, die Sache alleine mit sich ausgemacht.

»Mit Klara ist Schluss«, sagte Friedrichs.

Er musste Gedanken lesen können.

»Endgültig Schluss.«

Trank einen Schluck Bier und starrte aufs Meer.

Zaghaft nahm Maike Jansen seine Hand und hielt sie fest.

»Ist es sehr schlimm für dich?«

»Nein, es ist gut so. Ich war nicht der Richtige für sie.«

Typisch Olli, dachte Maike Jansen. Er hätte ja auch sagen können, dass sie nicht die richtige Frau für ihn gewesen ist. Es blieb eine Weile ruhig zwischen ihnen, Friedrichs fühlte die Wärme ihrer Hand und wusste nicht, wie er sich verhalten sollte. Dass diese tolle Frau etwas für ihn empfinden würde, konnte er sich nur schwer vorstellen. Sie kam aus einem wohlhabenden Elternhaus, war blitzgescheit und sah umwerfend gut aus. An jedem Finger konnte sie zehn Typen haben.

»Du lebst mit deiner Tante zusammen?«,

unterbrach Maike Jansen sein Grübeln.

»Bei Hanna, ja. Sie ist meine Patentante, wir leben im selben Haus. Im Haus meiner Großeltern. Mutter und Hanna waren Geschwister und haben es geerbt. Als meine Mutter dann an Krebs gestorben ist, war Hanna für mich da. Sie selbst hat keine Familie und nun ja, du kannst dir denken, wie sie mich verwöhnt«, griemelte Friedrichs.

»Hanna hat die Wohnung im ersten Stock, ich wohne im Erdgeschoss, in der Wohnung meiner Mutter. Zwei Appartements im Dachgeschoss vermieten wir an Feriengäste.«

»Dein Vater, lebt der noch?«, fragte Maike Jansen leise.

Friedrichs zuckte mit den Schultern.

»Ich weiß es nicht. Eigentlich habe ich ihn gar nicht richtig gekannt. Als ich fünf Jahre alt war, hat er uns sitzen lassen. Ist mit einer Frau durchgebrannt, die bei uns als Feriengast gewohnt hat. Ich glaube, meine Mutter hat darunter sehr gelitten.«

»Das tut mir echt Leid. Für sie war es dann auch nicht gerade einfach, euch durchzubringen.«

»Na ja, meine Mutter hat bei der Inselverwaltung gearbeitet und dann waren da noch die Einnahmen von der Ferienwohnung. Wir hatten nicht viel, aber ich habe nichts vermisst. Außer, dass meine Mutter viel zu früh gestorben ist«, sagte Friedrichs kaum hörbar und Maike Jansen sah, wie seine Augen feucht wurden.

Sie legte einen Arm um seine Schulter, spürte wie er sich verkrampfte und rückte näher an ihn heran.

»Bei mir ist es anders gelaufen«, begann sie nach einer Weile.

»Meine Eltern leben noch und ich liebe sie über alles. Aber sie lieben sich nicht mehr.«

Sie trank einen Schluck Bier und verfiel in die Vergangenheit.

»Es muss etwas vorgefallen sein, dass ich nicht mit bekommen habe. Vermutlich hatte einer von ihnen eine Affäre und ihre Ehe ist daran zerbrochen. Dabei habe ich nicht die geringste Ahnung, wer von beiden der Schuldige sein könnte. Sie achten streng darauf, dass nicht darüber gesprochen wird. Beide lehren an Hochschulen und Gelegenheiten gab es sicherlich genug. Ich glaube, sie sind meinetwegen zusammen geblieben, sie wollten mich durch eine Trennung nicht belasten.

Nach dem Abitur habe ich mich dann für den Polizeiberuf entschieden. Ich will meinen Teil dazu beitragen, dass die Menschen in Sicherheit leben können, dass die Gesellschaft nicht noch mehr verroht. Für meine Eltern war das eine unfassbare Entscheidung, ihnen hatte vorgeschwebt, dass ich in ihre Fußstapfen treten würde. Als ich dann auf die Polizeihochschule gegangen bin, haben sie sich getrennt.« Maike Jansen merkte, wie ihre Augen feucht wurden, legte den Kopf auf die Knie und schlug die Hände vor das Gesicht.

Mitfühlend drückte Friedrichs sie an sich. Er hätte sie gerne getröstet, aber er wusste nicht, was er sagen sollte. Er spürte, wie sie sich gegen ihn presste und war trotz allem seit langem das erste Mal wieder glücklich.

Es blieb lange still, sie versuchten die Schatten der Vergangenheit zu überwinden. Maike Jansen stand schließlich auf, klopfte den Sand von den Klamotten und meinte, sie müssten fahren.

»Wer weiß, was uns der morgige Tag bringt, wir müssen fit sein.«

Vor ihrer Haustür gab sie Friedrichs einen flüchtigen Kuss und sah ihn mit einem warmen Lächeln an.

»Gut, dass es dich gibt«, sagte sie und verschwand dann im Haus.

18. KAPITEL

Sie hatte das Gefühl, als ob ihre Nerven kollabieren würden. Völlig fertig starrte sie auf die große Tasse Tee und überdachte die Geschehnisse des Tages.

Am Morgen hatte ein Helikopter Heidkamp und die Kollegen von der Kriminaltechnik am Hafen ausgespuckt. Mit Sichtschutzwänden am Tatort und der öffentlichen Erklärung, es würde sich um einen Übungseinsatz handeln, hatten sie das grausame Geschehen unter der Bettdecke halten können.

Hoffentlich.

Hindrik und Harro Hapke, die zivilen Zeugen des Geschehens, waren von Heidkamp zu absolutem Schweigen verdonnert worden. Bei Hindrik kein Problem, bei Hapke konnten sie nur beten, dass er es schaffte, den Mund zu halten. Heidkamp vertrat die Ansicht, dass es sich bei der Tat um Bandenmord handeln würde und keine Gefahr für die Öffentlichkeit bestände.

Für Kathrin Hansen eine gewagte Theorie. Es musste eine Verbindung zu der Insel geben und jeder war gefährdet, der den Killern in die Quere kommen könnte. Ihr Kandidat war Bodo Onno gewesen, doch der war aus dem Schneider. Von einer Geschäftsreise zurückkommend, war er am Morgen mit der ersten Fähre auf Langeoog eingetrudelt. Zum Zeitpunkt der Tat war er nicht auf der Insel gewesen.

Frustriert nippte Kathrin Hansen an dem Tee und verzog das Gesicht. Ein starker Kaffee wäre ihr lieber gewesen, nur hätten ihre Nerven dann endgültig ein Wrack aus ihr gemacht.

Lars Tiefental, dachte sie, mit dem Mord an ihm hat alles angefangen. Dass er gefoltert und im Sand verbuddelt wurde, war eindeutig die Handschrift einer organisierten Bande. Sie tendierte zu einem Clan, der seine Kohle mit geklauter Kunst verdiente. Ihrer Meinung nach hatten sich Tiefental und Kazkowski mit einer solch extrem gefährlichen Bande eingelassen. Irgendwann müssen die beiden Idioten geglaubt haben, sie könnten die Brüder bescheißen.

Ein tödlicher Irrtum.

Dann Laura Tiefental, ich muss nochmal mit ihr reden, überlegte Kathrin Hansen. Sie hat diesen unbekannten Viktor S. erwähnt, der Mann, mit dem ihr Geliebter die Beute verhökert hat. Vielleicht hatte Viktor S. ja noch was von sich hören lassen, das Kazkowski ermordet wurde, würde sie der Frau verschweigen. Das konnte Heidkamp übernehmen.

Entschlossen griff sie zum Handy.

»Laura Tiefental«, meldete sich eine klare Stimme.

»Polizeidienststelle Langeoog, Kathrin Hansen. Frau Tiefental, es geht um unser Gespräch neulich, ich hätte da noch eine Frage. Ist Ihnen in der Zwischenzeit vielleicht etwas zu Viktor S., der Mann, der Ihrem Lebensgefährten eine Mail geschrieben hat, eingefallen, oder hat sich Viktor S. in irgend einer Weise gemeldet?«

»Nennen Sie Kazkowski nur nicht meinen Lebensgefährten«, erwiderte Laura Tiefental. »Zugegeben, im Bett war er eine Kanone, ansonsten aber ein totales Arschloch. Leider habe ich das zu spät erkannt. Und nein, von diesem Viktor S. habe ich nichts mehr gehört. Aber ich habe etwas anderes für Sie, ich hätte Sie deshalb heute noch angerufen.«

Kathrin Hansen war nun wirklich gespannt, was noch kommen würde.

»In dem Nachlass meines Mannes habe ich eine Kladde gefunden, so ein Ding, das heute kein Mensch mehr benutzt«, erklärte Laura Tiefental. »Lars hat darin fein säuberlich aufgeschrieben, welche Kunstobjekte ein Auktionshaus in Köln für ihn versteigert hat.

So weit, so gut.

Merkwürdig ist nur, dass auf seinen Kontoauszügen keine Zahlungseingänge erscheinen, die von einer solchen Auktion stammen könnten.«

Schwarzgeld, fuhr es Kathrin Hansen durch den Kopf.

»Sie sagen ein Auktionshaus in Köln?«, fragte sie.

»Genau, und jetzt halten Sie sich fest, der Eigentümer des Auktionshauses ist eine Viktoria Steinbach.«

Es herrschte einige Sekunden Funkstille.

Kathrin Hansen musste das erst einmal verdauen.

»Viktoria Steinbach, alias Viktor S?«, brummelte sie

ins Handy.

»Genauso sehe ich das«, erwiderte Laura Tiefental.

»Darauf wette ich den Picasso, der bei mir in der Diele hängt.«

»Und Sie kennen das Auktionshaus nicht, haben von all dem nichts gewusst?«

Kathrin Hansen konnte das kaum glauben. Vielleicht spielte die Frau ihr nur etwas vor. Allerdings müsste sie dann schon eine verdammt gute Schauspielerin sein.

»Nein, und zugegeben, ist das kaum zu glauben«, antwortete Laura Tiefental ohne die geringste Spur von Unsicherheit. »Aber diese Dinge hat mein Mann erst unternommen, seit wir getrennt leben. Ich weiß, dass sein Geschäft in letzter Zeit nicht mehr so gut lief.«

»Okay«, Kathrin Hansen überlegte, ob sie die Frau nochmals treffen sollte, glaubte aber, dass das nichts bringen würde.

»Die Kladde, Frau Tiefental, die müssten Sie mir bitte zur Verfügung stellen. Wir müssen uns die Einträge ansehen. Wäre es Ihnen möglich, sie sofort per Eilkurier an mich zu schicken?«

»Selbstverständlich, Sie können sich darauf verlassen. Morgen früh haben Sie die Sendung. Sehen Sie sich diese Viktoria Steinbach mal genauer an, mich würde es nicht wundern, wenn Kazkowski mit der auch ins Bett gegangen ist. Und die Kosten für den Kurier übernehme ich, das ist mir die Sache wert.«

»Eine Frage noch.«

»Sie haben von der Mail, die Kazkowski von

Viktor S. bekommen hat, nicht zufällig eine Kopie gemacht und in ihren Mail Account geschoben?«

»Leider nein, mit diesen Dingen kenne ich mich nicht besonders gut aus.«

»Okay, hätte ja sein können. Auf jeden Fall danke für Ihre Kooperation. Und sollte Ihnen noch etwas einfallen, na ja, Sie wissen schon.«
Damit beendete sie das Gespräch.

»Was für ein Sumpf, das Ganze«, stöhnte Kathrin Hansen und ihr wurde schlagartig klar, was es bedeuten würde, wenn das Auktionshaus Steinbach mit in der Sache drin hing. Es wäre nicht zu vermeiden, dass die Kölner Dienststelle involviert werden müsste. Schon der Gedanke jagte ihr einen Schauder über den Rücken. Sie dachte an den Neid einiger Kollegen, als sie während ihrer aktiven Zeit in Köln, als eine der besten Ermittler ausgezeichnet wurde. Und dann war da noch ihr Exmann, über den sie stolpern könnte. Bevor sie sich weiter in diese Vorstellungen hinein steigern konnte, brummte ihr Handy. Sie blickte aufs Display und atmete auf.

Hindrik.

»Essen ist fertig«, klang es ihr gut gelaunt entgegen. »In zehn Minuten erwarte ich meine Seemanns Braut hier am Tisch. Sonst werde ich mich im Hafen nach einer anderen umsehen.«

»Dann erschieße ich dich kaltblütig«, knurrte Kathrin Hansen. Eigentlich wollte sie noch einiges von dem liegengebliebenen Schriftkram aufarbeiten, aber die Luft war raus.

»Okay, du Freibeuter, in zehn Minuten ist deine

Seemanns Braut da und frisst dir deine wenigen Haare vom Kopf«, stimmte sie lachend zu, warf dem Papierkram auf ihrem Schreibtisch einen vernichtenden Blick zu und verließ die Dienststelle.

Die dürftige Haarpracht von Hindrik ließ sie unangetastet, dafür langte Kathrin Hansen beim Essen ordentlich zu. Hindrik hatte Bratkartoffel mit gedünsteten grünen Heringen gemacht, dazu gab es ein alkoholfreies Jever. Jetzt merkte sie so richtig, wie ausgehungert sie war und bekam beim ersten Gang kaum ein Wort heraus.

Hindrik, der gut drauf war, erzählte, dass er ein neues Projekt mit einer Gruppe Jugendlicher gestartet hatte und alle begeistert dabei wären. Kathrin Hansen merkte, dass ihm das sehr am Herzen lag und hörte aufmerksam zu.

»Wir arbeiten quasi an so was, wie an einer App über die Insel«, erklärte Hindrik. »An einer Datenbank, die ständig erweitert werden kann. So in der Art, wie Wikipedia das macht. Halt nur im Kleinen und nur für Langeoog.«

»Mensch, Hindrik, das ist ja eine tolle Sache«, meinte Kathrin Hansen begeistert. »Das wird die Jugendlichen, die mit psychischen Problemen zu kämpfen haben, aufbauen. Sie werden das Gefühl haben, etwas Sinnvolles zu schaffen, dazu noch mit modernen Medien, das zieht doch.

Hindrik, klasse.«

Eine Weile redeten sie über das Projekt, wobei Kathrin Hansen einige Anregungen mit einbrachte, bis sie schließlich, mit ihren Gedanken weit weg von den laufenden Ermittlungen, sich nur noch nach einer Runde Schlaf sehnte. Doch vorher brauchte sie noch einen Absacker.

Hindrik!

Mein Gott noch, Hindrik als Absacker, ich muss ja schon wirklich neben der Mütze sein, dachte sie entsetzt. Und doch stand sie abrupt auf, setzte sich auf seine Knie und schmiegte sich an ihn.

»Ich glaube, deine Seemanns Braut würde sich jetzt glatt von einem blutrünstigen Piraten kapern lassen«, schnurrte sie und fummelte an seinem Hemd herum.

19. KAPITEL

Nicht gerade begeistert nahm Heidkamp ihren Vorschlag auf, dass sie selbst nach Köln fahren wollte, um das Auktionshaus Steinbach zu kontaktieren. Ihm wäre es lieber, die Sache würde der Kölner Dienststelle übergeben, meinte er.

Mit einem verkniffenen Gesichtsausdruck blickte er Kathrin Hansen an.

»Stellen Sie sich vor, Viktor S. ist tatsächlich Viktoria Steinbach. Dann ist sie eine Kriminelle, möglicherweise Mitglied einer organisierten Bande. Vielleicht steckt sie sogar hinter den Morden.

Nein, das ist zu gefährlich, das können wir nicht riskieren.«

Kathrin Hansen tippte auf die Kladde, die auf dem Tisch lag.

»Ich werde die Steinbach nur auf die Einträge, also auf die Aufträge ansprechen, die Tiefental dem Auktionshaus erteilt hat. Quasi in Verbindung mit der Prüfung seines Nachlasses, so werde ich argumentieren. Das dürfte sie nicht unbedingt misstrauisch machen. Von der Mail, Absender Viktor S., werde ich nichts erwähnen. Würde auch nichts bringen. Steinbach würde leugnen und wir können es nicht beweisen. Aber«, entschlossen blickte Kathrin Hansen den Kriminalrat an.

»Ich bekomme einen Eindruck von der Frau und sehe wie sie reagiert. Mit Sicherheit wird sich danach was bewegen, dann sehen wir weiter.«

Es blieb eine Weile ruhig am Tisch, sie hörten, wie Heidkamp lautstark den Kaffee schlürfte, den Ava Sari ihm hingestellt hatte. Friedrichs und Maike Jansen sahen ihre Chefin an und gaben ihr zu verstehen, dass sie ihrer Meinung waren.

»Wir müssen die Killer auf Trapp bringen«, meinte Maike Jansen in die Stille hinein. »Sie müssen Fehler machen, damit wir sie am Arsch packen können.«

Überrascht blickte Friedrichs seine Kollegin an. Am Arsch packen hat sie gesagt, fuhr es ihm durch den Kopf, das ist ja wohl stark. Heidkamp griemelte sich einen, ihn konnten die jungen Dinger nicht mehr so unbedingt überraschen.

»Genau, Maike«, äußerte sich Kathrin Hansen, »und du fährst mit. Anschließend gehen wir in eine echt kölsche Kneipe und machen einen Köbes an.«

Heidkamp verdrehte die Augen, er gab es auf.

Es war schon eine Weile her, das Kathrin Hansen die Autobahn in Richtung Köln gefahren war. In Köln lebte ihr Ex mit seiner neuen Flamme, Grund genug, die Stadt zu meiden. Und die Fahrt über die Autobahn war auch nicht gerade entspannter geworden. Von einer Baustelle rutschte sie in die andere, der ellenlange Stau auf der A4 kurz vor Köln, kam ihr noch lange danach hoch.

»Mein Gott noch«, stöhnte sie, »was haben wir es auf Langeoog doch gut. Diese Blechlawinen hier kann ich einfach nicht mehr ab.«

»Du bist auf der Insel angekommen und dort auch zufrieden?« Maike Jansen sah sie von der Seite her prüfend an.

»Und wie, und das nicht nur wegen Hindrik, der mich nach meiner Scheidung aus einem tiefen Loch gezogen hat. Nein, auch wegen den Lebensbedingungen, die auf der Insel herrschen. Abgesehen von den beiden Morden, leben wir doch wie im Paradies.«

»Und deine Karriere?

Ich habe gehört, du bist als Ermittlerin in Köln sehr erfolgreich gewesen.«

»Stimmt, erfolgreich bedeutet aber auch, dass man ständig im Dreck wühlen muss. Abgesehen von den schweren Fällen hatte ich im Tagesgeschäft mit richtig widerlichen Typen zu tun. Ich habe mich in der Drogenszene genauso wie im Rotlichtmilieu herumgetrieben. Habe mit Gestalten zu tun gehabt, die man nur mit der Zange anpacken konnte. Verkommen, verlogen, ohne jedes Fünkchen Moral.

Nein, auch ohne dass ich von meinem Ex weit weg sein wollte, hätte ich ein solches Leben auf Dauer nicht führen wollen.

Karriere ist nicht alles im Leben.«

Während sie sich dem Kreuz Köln-Ost näherten, blieb es still zwischen ihnen. Kathrin Hansen bemerkte, wie es in Maike Jansen arbeitete.

»Seit ich das Leben auf der Insel kennengelernt habe«, meinte Maike Jansen schließlich, »bin ich mir auch nicht mehr so ganz sicher, was ich will. Ich habe nie daran gedacht, einmal eine eigene Familie haben zu wollen, Geschehnisse in meiner familiären Vergangenheit haben den Gedanken nie aufkommen lassen. Aber jetzt denke ich doch schon mal darüber nach, ob es auch anders kommen könnte.«

»Olli Friedrichs?«, meinte Kathrin Hansen schmunzelnd.

»Du hast das bemerkt?«

Maike Jansen war nun doch überrascht.

»Ist nicht zu übersehen, wie er dich anhimmelt, und du scheinst ihn auch zu mögen.«

»Stimmt, Olli ist ein feiner Kerl, ganz anders, als die Typen, die ich in den Städten kennengelernt habe. Ich denke, du weißt, was ich meine.«

»Und ob, ich bin damals auf einen Strahlemann hereingefallen. Bei ihm musste alles toll, super, schön und cool sein. Leider ist ihm dabei der Charakter abgegangen, aber das habe ich erst bemerkt, als es zu spät war. Oh, Scheiße, jetzt hätte ich fast die Abfahrt verpasst«, fluchte Kathrin Hansen und konnte eben noch auf die Spur in Richtung Rheinbrücke abbiegen.

»Och, ist das eine tolle Ansicht«, schwärmte Maike Jansen und blickte auf den Rhein, auf dem weiße Passagierschiffe wie Schwäne dahin trieben. Bunte, schmale Altstadthäuser reihten sich aneinander und gewaltige Kirchtürme demonstrierten ihre Macht über das Bürgertum. Das alles wurde noch überragt vom Dom, das mächtige Wahrzeichen von Köln.

»Tja, wenn man das hier so sieht, kann man kaum glauben, dass hinter dieser anheimelnden Fassade das organisierte Verbrechen festen Fuß gefasst hat«, meinte Kathrin Hansen. »Ich kenne Viertel, da wagen sich brave Bürger abends nicht mehr vor die Tür.«

Maike Jansen suchte in ihrem Handy die Adresse des Auktionshauses.

»Marzellenstraße, sagt dir das was, oder soll ich die Adresse im Navi eingeben?«, meinte sie mit einem Blick zu Kathrin Hansen hin.

»Kenne ich. Das ist ganz in der Nähe des Doms.«

Auf der Rheinuferstraße ging es nur noch zähflüssig weiter und auch um den Dom herum hatten die Heiligen nicht gerade für freie Fahrt gesorgt. Dafür hatten sie Glück bei der Parkplatzsuche. Vor dem Auktionshaus ergatterten sie einen freien Kundenparkplatz.

»Jetzt bin ich echt auf diese Viktoria Steinbach gespannt«, meinte Kathrin Hansen und marschierte auf den Eingang zu. Eigentlich hatte sie mehr Prunk erwartet und musterte erstaunt die Schlichtheit des Gebäudes. Eine Schlichtheit, die sich im Inneren fortsetzte.

Stilvoll fortsetzte.

Die große Galerie war in einem neutralen, matten Weiß gehalten, so dass die Bilder an den Wänden in ihrer Farbenpracht bestens zur Wirkung kamen. Ausschließlich moderne Kunst, stellte Kathrin Hansen fest, und konnte wie auch früher schon, mit dieser Stilrichtung nichts anfangen. Preisangaben gab es keine, hier wurde garantiert individuell gehandelt.

Etwas, dass das Finanzamt weniger gerne sah.

Mitten im Raum standen zu einem Quadrat angeordnet vier helle Ledersessel und darin exakt mittig platziert ein quadratischer Glastisch. Darauf lagen Bildverzeichnisse zur Ansicht.

»Hier hat jemand eine Vorliebe für geordnete Geometrie«, stellte Maike Jansen lakonisch fest.

In dem Moment kam aus der Tiefe des Raumes eine zierliche, schwarz gekleidete Frau auf sie zu. Kathrin Hansen schätzte sie auf höchstens dreißig, eine bildhübsche Exotin.

»Mein Name ist Yari Tehua, ich bin die Assistentin der Geschäftsführung, was kann ich für Sie tun?«

Ihre Stimme war leise, einschmeichelnd, sie hörte sich an, als wenn sie sich entschuldigen wollte, dass sie überhaupt etwas sagte. Vor einer solch übertrieben bescheidenen Art war Kathrin Hansen schon seit jeher misstrauisch. Sie hatte mehr als einmal erlebt, dass solch demütig wirkende Geschöpfe sich in reißende Furien verwandeln konnten.

»Kathrin Hansen und Maike Jansen, Polizeidienststelle Langeoog«, sagte sie mit klarer Stimme und zeigte den Dienstausweis.

»Wir haben einen Termin mit Frau Steinbach.«

»Langeoog«, hauchte das Geschöpf, »ist das hier in Deutschland?«

Kathrin Hansen glaubte so etwas wie Spott in ihren Augen zu sehen und tippte auf ihre Uhr.

»Wir haben wenig Zeit, führen Sie uns einfach zu Frau Steinbach.«

»Selbstverständlich, Frau Steinbach hat in ihrem

Terminplan einige Minuten für Sie reserviert. Ich führe Sie in ihr Büro.«

Wenn Yari Tehua wie eine sanfte Siamkatze gewirkt hatte, so machte Viktoria Steinbach den Eindruck einer Raubkatze. Sie war groß, sehnig und wirkte durchtrainiert bis in die Zehenspitzen. Ihr langes, weißblondes Haar war zu einem Pferdeschwanz gebunden und das asketisch strenge Gesicht wurde von zwei grauen, harten Augen beherrscht. Ungeniert musterte sie ihre Besucherinnen und es war nur allzu deutlich, dass sie das Ganze als lästig empfand.

»Was gibt es so Wichtiges, dass Sie sich von Langeoog aufgemacht haben, um mit mir reden zu wollen«?, sagte sie in einem herablassenden Ton.

»Meine Zeit ist äußerst knapp.«

Am liebsten hätte Kathrin Hansen ihr Handschellen angelegt und sie im Knast mit so richtig fiesen Weibern in eine Zelle gesperrt. Stattdessen warf sie Maike Jansen einen warnenden Blick zu und sah Viktoria Steinbach lächelnd an.

»Trotzdem schön, dass Sie uns empfangen. Ich hätte Sie auch nur ungern zur Vernehmung aufs Präsidium gebeten«, meinte sie honigsüß. »Wir arbeiten eng mit unseren Kölner Kollegen zusammen.«

Sie beobachtete, wie die Augen der Steinbach sich zu Schlitzen zusammen zogen und spürte die Gefährlichkeit der Frau.

»Vernehmung? Das ist ja wohl ein Scherz.«

»Wenn wir uns setzen könnten, würde ich Ihnen

156

gerne etwas zeigen«, überging Kathrin Hansen die Äußerung der Frau und gab Maike Jansen einen Wink. Aus ihrer Umhängetasche holte diese die Kladde von Lars Tiefental und reichte sie ihrer Chefin. Gelassen sah Kathrin Hansen die Inhaberin des Auktionshauses an.

»Sie haben die Wahl, entweder reden wir vernünftig miteinander oder in einer Stunde hat die Steuerfahndung dieses Dokument hier vorliegen und im schlechtesten Falle sitzen Sie in zwei Stunden im Raubdezernat wegen Verdachts auf Hehlerei.

Also?«

Obwohl Viktoria Steinbach versuchte unbeeindruckt zu wirken, konnte Kathrin Hansen in ihrem Gesicht sehen, wie es in ihr arbeitete. Ihr Körper straffte sich noch mehr und in ihren Augen trat ein gefährlicher Glanz. Schließlich zeigte sie auf die Sitzgruppe.

»Setzen Sie sich.

Nicht, dass Sie meinen, Sie könnten mich einschüchtern«, presste Viktoria Steinbach heraus, »aber jetzt bin ich doch neugierig, was Sie mir zeigen können, das mein Geschäft betreffen könnte.«

Bedächtig blätterte Kathrin Hansen in der Kladde und blieb an der Seite hängen, auf der Tiefental die Objekte notiert hatte, die er dem Auktionshaus geliefert hatte.

»Sie kennen Lars Tiefental?«

Durch die Chefin des Auktionshauses ging ein unmerklicher Ruck. Ihre Augen blickten Kathrin Hansen kalt an.

»Tiefental?

Wer soll das sein?«

»Ein Geschäftspartner von Ihnen, ein Kunde, der Ihnen mehrere Objekte zur Versteigerung oder zum Verkauf überlassen hat. Hier sind die entsprechenden Eintragungen.«

Entrüstet schüttelte Viktoria Steinbach den Kopf.

»Das ist verrückt, darf ich mal sehen?«

Kathrin Hansen drehte die Kladde so, dass sie die Einträge lesen konnte.

»Mein Gott noch, das sind ja Bilder von Jan van Poorten, Otto Steiniger, und hier«, sie zeigte auf eine Eintragung, »sogar eins von Monet. Das sind Millionenwerte. Solche Objekte versteigern oder verkaufen zu können, davon kann ich ja nur träumen. Das wäre eine Nummer zu groß für mein Haus. Solche Schätze werden bei Sotheby's oder bei sonst einem international anerkannten Auktionshaus gehandelt. An die Bilder käme ich erst gar nicht heran.«

»Außer sie wären geklaut und würden Ihnen als Hehler Ware angeboten«, warf Maike Jansen ein.

Kathrin Hansen nahm die Kladde fest in die Hand und legte ihren Finger auf den Namen Steinbach.

»Hier steht eindeutig Ihr Name. Oder gibt es noch ein anderes Auktionshaus Steinbach in Köln?« Sie machte sich auf eine heftige Reaktion gefasst und war erstaunt, wie die Frau sich in der Gewalt hatte. Geradezu gelassen lächelte Viktoria Steinbach sie an.

»Und wegen eines solchen Blödsinns kommen Sie extra von Langeoog nach Köln? Dieser Tiefental lebt

158

in einer Traumwelt. Wie kann er nur so naiv sein, anzunehmen, dass ich solch bekannte Kunstwerke, die anscheinend auch noch gestohlen wurden, unter die Leute bringen könnte. Solche Aktionen würden von der Öffentlichkeit nicht unbemerkt bleiben, ich könnte meine Firma schließen. Wie dieser Mann auf mein Geschäft gestoßen ist und was er sich dabei gedacht hat, das fragen Sie diesen Spinner am besten selbst. Ich kenne ihn nicht und habe auch nie diese Objekte erhalten.«

Kalt, die Frau ist eiskalt, fuhr es Kathrin Hansen durch den Kopf. Und da keine Zahlungen von ihr an Tiefental nachgewiesen werden konnten, war ihr nichts zu beweisen. Sie musste sie aus der Reserve locken, überlegte sie und fragte sich, ob sie die Mail von Viktor S. erwähnen sollte. Die Mail, in der erwähnt wurde, dass das Bild *Moulin Rouge* an einen Russen verhökert werden sollte. Dass von dem Verkaufserlös Geld für Spielschulden abgezogen würde, die Kazkowski Viktor S. schuldete. Sie bemerkte den spöttischen Blick, mit dem die Steinbach sie ansah und ihr war klar, die Frau würde alles leugnen.

Trotzdem, sie würde ihr auf die Füße treten.

So richtig schön fest auf ihre Hühneraugen.

»Wie hoch sind die Spielschulden, die Borislav Kazkowski bei Ihnen hat?«, schoss sie die Frage ab.

Volltreffer!

Der so energisch wirkende Gesichtsausdruck der Frau zerfloss wie ein Pudding, dem man einen Stoß versetzt hat. Ihre Gesichtsfarbe wurde um einiges blasser.

»Was soll dieses wahnwitzige Gerede?«, presste Viktoria Steinbach außer sich vor Wut heraus.

»Machen Sie, dass Sie rauskommen.«

Abrupt stand sie auf und blickte die Assistentin an, die wie hingezaubert im Raum stand.

»Yari, zeige ihnen, wo die Tür ist.«

Dann drehte sie sich um und starrte aus dem Panorama Fenster auf die Turmspitzen des Doms.

»Wow, das war ein Treffer«, meinte Maike Jansen grinsend, als sie zu ihrem Wagen gingen. »Das hat gesessen. Da wird sie noch dran zu knabbern haben.«

»Damit haben wir sie unter Druck gesetzt. Und wer unter Druck steht, macht Fehler«, antwortete Kathrin Hansen zufrieden und fuhr aus der Parklücke heraus. Maike Jansen sah nachdenklich einem Radfahrer hinterher, der ihnen die Vorfahrt genommen hatte.

»Glaubst du, dass die Steinbach mit dem organisierten Verbrechen Geschäfte macht? Oder dass sie eher auf eigene Faust Beute Kunst verhökert? An Kunstsammler, denen es egal ist, woher der van Gogh kommt. Hauptsache, er hängt bei ihnen an der Wand.«

Nicht ganz bei der Sache konzentrierte sich Kathrin Hansen auf das Gewusel auf der Straße. Autos, Radfahrer, Fußgänger, sie alle schienen auf die letzte Sekunde noch irgendetwas schnell erledigen zu müssen. Verbissen starrten alle nach einer Lücke, in die sie sich hinein mogeln konnten, um schneller

160

voran zu kommen.

»Ich hatte schon vergessen, wie ätzend es in der Großstadt ist«, stöhnte sie. »Maike, entschuldige, aber ich habe dir nicht richtig zugehört. Hattest du gemeint, die Steinbach könnte auf eigene Rechnung arbeiten? Ohne Verbindung zu einer organisierten Bande?«

»Genau. Sie macht mir den Eindruck, dass sie das Potential dafür hat.«

»Und ob, zudem ist sie äußerst gefährlich. Bei ihr muss man damit rechnen, dass sie einem jeden Moment ihre Krallen ins Gesicht schlägt. Viktoria Steinberg ist eine extrem gewaltbereite Person und ich traue ihr die beiden Morde ohne weiteres zu. Sei es auch nur, dass sie diese in Auftrag gegeben hat.«

Auf der Anzeigetafel für freie Parkplätze sah Kathrin Hansen, dass im Parkhaus unter der Domplatte noch einige Plätze frei waren. Sie kurvte unter der Bahnunterführung um den Dom herum und wurde ins Tiefgeschoss des Parkhauses geleitet. Direkt neben dem Ausgang parkte sie und freute sich auf etwas Entspannung. Sie musste zugeben, dem Stress der Großstadt waren ihre Nerven nicht mehr gewachsen.

»So, jetzt machen wir erst einmal eine Pause«, sagte sie erleichtert. »Maike, ich lade dich zum Essen ein. Wir gehen in ein echt Kölsches Brauhaus.«

Vom Parkhaus aus gelangten sie direkt auf die Domplatte und beeindruckt blickte Maike Jansen am Dom bis zu den beiden Turmspitzen hoch. Etwas unterhalb glaubte sie auf einer Plattform Menschen zu sehen und sie bekam schon bei dem Anblick ein flaues Gefühl im Magen. Sie gingen in Richtung Altstadt weiter und Maike Jansen nahm das Flair auf, das die alten Gemäuer ausstrahlten. An jeder Ecke glaubte sie einen Hauch Kölner Geschichte zu spüren. Wie sie wusste, waren die Herren Römer die Gründer der Stadt gewesen.

Kathrin Hansen bugsierte sie durch eine so enge Gasse, dass Maike Jansen hoffte, dass ihnen keiner entgegenkäme. Hier wäre Einbahnstraße für Fußgänger angebracht, überlegte sie schmunzelnd.

»Da sind wir schon«, sagte Kathrin Hansen kurz darauf und steuerte das Brauhaus an. Es herrschte noch wenig Betrieb und sie setzten sich an einen Ecktisch, von wo aus sie einen guten Überblick hatten.

»Ein Kölsch ist drin«, meinte Kathrin Hansen und zwinkerte ihrer Kollegin zu. »Wir machen ja quasi Urlaub.«

Maike Jansen staunte nicht schlecht, als ein ganz in Blau gekleideter Kellner an ihren Tisch kam, ohne zu fragen zwei Bierdeckel auf die Tischplatte platzierte und darauf zwei Bierstangen knallte.

»Zwei Kölsch, die Damen.

Darf es sonst noch was sein?«

Er musterte sie abschätzend und Maike Jansen dachte belustigt, dass er mit Sicherheit überlegte, welche Landeier er vor sich hatte.

Fragend sah Kathrin Hansen ihre Kollegin an.

»Wie wäre es mit Eisbein, Sauerkraut und Püree?«

»Da kann ich doch nicht nein sagen«, stimmte

Maike Jansen zu.

»Aber bitte nicht zu fett«, meinte sie zum Kellner.

»Mädchen, für dich suche ich das magerste Ferkel aus, das ich habe«, grinste er und verzog sich schwungvoll in Richtung Küche.

Verwirrt blickte Maike Jansen ihm nach.

»Sind die hier alle so?«

»Alle, das ist ihr Image. Und sie sind auch keine Kellner, sondern nennen sich Köbes. Eine uralte kölsche Zunfttradition.«

»Na, dann mal Prost, und danke für die Einladung«, meinte Maike Jansen fröhlich.

20. KAPITEL

Es versprach ein richtig schöner Tag zu werden und Bent Maartens überlegte, wie er ihn entsprechend nutzen könnte. Friederike war den Tag über in der *Inselkoje,* um mit den Kindern Wimmel Poster zu basteln und würde vor dem Abend nicht wieder eintrudeln. Und Ben wuselte schon die ganze Zeit um ihn herum, was eindeutig hieß, dass sein Chef den Hintern hoch kriegen sollte, um mit ihm eine Runde zu drehen. Aber mit Laufen war heute bei Maartens nichts, in der Nacht hatte er verkehrt gelegen, sein Kreuz schmerzte, als wenn er schwer geschuftet hätte. Schließlich beschloss er, mit dem Rad zum Hafen zu fahren. Ben konnte sich dabei auslaufen und er würde eine ruhige Bank in Beschlag nehmen und versuchen, seine derzeit wirren Gedanken zu ordnen.

Auf der Hinfahrt fuhr er durch den Inselwald und dachte an die Hauptkommissarin. Als er sie kürzlich beim Bäcker getroffen hatte, hatte sie ihm erzählt, wie sie Kazkowski auf den Leim gegangen war, dass sie eine Nacht festgesetzt im Bauwagen verbringen musste. Er war ziemlich geschockt gewesen und heilfroh, dass sie so glimpflich davon gekommen war.

Dadurch, das Kazkowski wusste, dass er gesucht wurde, hatte er nichts mehr zu verlieren.

Seit diesem Gespräch arbeitete es in Maartens.

Ständig dachte er darüber nach, was er tun könnte, um der Hauptkommissarin bei der Aufklärung helfen zu können. So helfen zu können, dass es keiner mitbekam. Vor allen Dingen seine Frau nicht, Friederike würde keine ruhige Minute mehr haben.

Nach einem Telefonat mit seinem Freund Lüppertz war es mit seiner Ruhe dann endgültig vorbei gewesen. Der Kripomann hatte ihm anvertraut, dass die Hamburger Mordkommission bei der Aufklärung des Mordes an dem Villenbesitzer, der bei dem Einbruch in seinem Haus erschossen wurde, weiter gekommen war. Fingerabdrücke am Tatort wurden eindeutig als die von Borislav Kazkowski identifiziert. Da aber die Tatwaffe fehlte, konnte nicht nachgewiesen werden, dass er die tödlichen Schüsse abgefeuert hatte. Es wurde davon ausgegangen, dass es weitere Beteiligte gegeben hatte. Was auch dafür sprach, dass Kazkowski auf Langeoog ermordet wurde.

Maartens war aus allen Wolken gefallen.

Davon hatte er nichts gewusst.

Spontan war ihm die Übung eingefallen, die am Hafen stattgefunden hatte, und ihm war klar geworden, was da wirklich gelaufen ist.

Kurz vor Ende des Waldgebietes ließ er den Hund von der Leine, damit Ben sein Geschäft erledigen konnte. Anschließend fuhr er am Fähranleger vorbei bis zum Ende des Yachthafens. Mit Blick auf die

Hafeneinfahrt ergatterte er eine freie Bank und war froh, dass er seinen Rücken entlasten konnte. Das steife Sitzen auf dem Rad war seiner Wirbelsäule nicht gut bekommen. Man ist ja doch nicht mehr der jüngste, schoss es ihm durch den Kopf, und er ließ sich auf die Bank plumpsen. Tief atmete er die frische, würzige Seeluft ein, blickte auf das ruhige Meer und genoss die herrliche Atmosphäre. Weit draußen sah er einen Fischkutter und dahinter nahm die Fähre von Bensersiel Kurs auf Langeoog. Maartens dachte an die Passagiere, an ihre Vorfreude, dass sie für eine Weile dem Stress des Alltags entfliehen konnten. Dass sie die Sicherheit der Insel genießen würden.

Sicherheit der Insel.

Augenblicklich war es mit seiner Ruhe vorbei. Zwei Morde auf der Insel, da baute sich hinter Sicherheit ein großes Fragezeichen auf. Besonders die Grausamkeit, mit der die Killer ihre Opfer hingerichtet hatten, machte ihm schwer zu schaffen. Solche Praktiken hatte er während seiner aktiven Zeit beim organisierten Verbrechen erlebt. Für Banden aus Südeuropa waren es Ehrenmorde gewesen, osteuropäische Killer hatten ihre Opfer aus reiner Freude hingeschlachtet. Doch die Hintergründe waren überall die gleichen gewesen. Gier nach Geld, Macht, Drogen und Sex, hatte aus Menschen grausame Monster gemacht.

Und jetzt war die Insel ein Opfer solcher durchgeknallten Typen geworden.

Unglaublich.

Es muss was geschehen, dachte er, blickte über das Meer und registrierte, dass ein Boot sich der Insel näherte. So schnell wie es war, musste es ein Motorboot sein und er beobachtete, wie es Kurs auf die Hafeneinfahrt nahm. Kurze Zeit später legte eine schnittige Yacht im Hafen an. Maartens betrachtete die Aufbauten. Mindestens vier Personen konnten auf dem Kahn bequem übernachten, schätzte er. Er selbst hatte es eher mit Segelbooten, da war wenigstens noch seemännisches Geschick gefragt. Zwei Männer zurrten die Seile fest und machten anschließend auf Deck alles klar zum Verlassen der Yacht. Urlauber, die sich auf der Insel eine schöne Zeit machen wollten, oder Leute, die etwas zu erledigen hatten.

Etwas zu erledigen hatten!

Schlagartig wurde Maartens hellwach.

Ein Mord konnte auch erledigt werden.

Er wusste, dass die Überwachungssysteme in den Transfer-Bereichen vor und nach den Morden gecheckt worden waren, aber wer konnte schon kontrollieren, wenn nachts klammheimlich ein Boot anlegte oder die Insel verließ.

Unmöglich.

Unter dem Aspekt waren die Alibis, die an den Fähr- und Flugbetrieb gebunden waren, in Frage gestellt. Er beobachtete, wie die beiden Männer auf dem Anleger ihre Trolleys hinter sich herzogen und an Land auf ein Fuhrwerk des Hotels Deichkrug zusteuerten. Unwillkürlich musste Maartens an Tiefental denken, an das erste Mordopfer. Er war auf einem Elektrokarren transportiert worden, bei

Kazkowski hatte man sich die Mühe gespart und ihn direkt auf der Kaimauer hingeschlachtet.

Wahnsinn, so muss es gelaufen sein.

Elektrisiert sprang Maartens auf und kramte sein Handy aus der Tasche.

Kathrin Hansen hatte überhaupt keinen Bock auf die Konferenz in der Polizeiinspektion. Doch Heidkamp hatte darauf bestanden. Wittmund läge bei der Rückfahrt sowieso auf ihrem Weg, meinte er unnachgiebig. Er wolle klar Schiff machen, so seine theatralische Darstellung im Hinblick der weiteren Ermittlungen. Ihm schwebe eine Sonderkommission vor.

Bei der Vorstellung wurde es Kathrin Hansen ganz anders. Im Geiste sah sie ihre Kollegen vom Festland, die nicht gerade für ihre Sensibilität bekannt waren, auf der Insel herum turnen und die Bewohner in Angst und Schrecken jagen.

Sie musste das verhindern.

»Noch etwa hundert Kilometer, Maike, dann sind wir in Wittmund«, sagte sie mit Blick auf den Tacho. »Wir müssen uns schnell was einfallen lassen, wie wir Heidkamp davon abbringen können, eine Sonderkommission einzusetzen.«

»Sonderkommission, Gott noch, das würde uns gerade noch fehlen«, Maike Jansen schüttelte es.

»Wie wäre es, wenn wir Heidkamp mit der Steinbach beschäftigen?«, schlug sie vor.

»Die steckt doch bis zum Hals in der Sache mit drin. Denken wir nur an die Mail von Viktor S, die sie garantiert an Kazkowski geschickt hat. Bei der Frau muss tiefer gegraben werden, etwas, dass wir von Langeoog aus nicht können. Da kann Heidkamp seine Energie hinein stecken, sich mit den Kollegen in Köln zusammen tun und der Frau die Jungs auf den Hals hetzen.«

»Keine schlechte Idee.«

Kathrin Hansen hatte auch schon daran gedacht.

»Dadurch bekämen wir Luft und könnten nochmals alle Fakten durchgehen. Es muss einen Grund geben, dass Tiefental und Kazkowski auf der Insel ermordet wurden. Mit Sicherheit gibt es eine Verbindung, zu wem oder was auch immer.«

»Lass uns die Dinge nochmals in die Reihe bringen«, schlug Maike Jansen vor. »Vielleicht stoßen wir auf etwas, das uns weiterbringt.«

»Okay, leg los«, stimmte Kathrin Hansen zu. »Und dokumentiere es als Gesprächsnotiz in deinem iPad.«

»Geht klar.

Also, Lars Tiefental, Kunsthändler in Hamburg«, begann Maike Jansen, »mit ihm fing alles an. Er wurde auf Langeoog gefoltert und anschließend im Sand verbuddelt. So verbuddelt, dass er ersticken musste.«

Sie schüttelte sich.

»Wenn ich mir das vorstelle, läuft es mir eiskalt den Rücken herunter.

Aber weiter.

An dem Tag, an dem er ermordet wurde, hätte Tiefental einen Termin auf der Insel gehabt. Mit Bodo Onno, Export-Import. Zumindest hatte er einen entsprechenden Kalendereintrag in seinem Computer stehen.«

»Stopp, Maike, vergiss den Hut nicht, den die Killer als Grabschmuck über dem Toten platziert haben«, warf Kathrin Hansen ein.

»Der war bestimmt nicht als Grabschmuck gedacht, aber ich habe ihn notiert. So, nochmals zu dem Termin zwischen Tiefental und Onno. Onno bestreitet den Kunsthändler gekannt zu haben und der Termin war für ihn reine Fantasie.

Frage: Was stimmt wirklich?

Als nächster kommt Borislav Kazkowski ins Spiel. Ein Mann mit vielen Fähigkeiten. Er steigt mit der vermögenden Ehefrau von Lars Tiefental ins Bett und führt auf ihre Kosten ein angenehmes Leben. Nebenbei baldowert er Herrenhäuser aus, in denen später eingebrochen wird. Ein Besitzer, der sie beim Einbruch überrascht, wird erschossen. Obwohl es haufenweise Fingerabdrücke von Kazkowski am Tatort gibt, ist mangels Tatwaffe unklar, ob er die tödlichen Schüsse abgegeben hat.

Weiterhin hatte Kazkowski Kontakt zu einer Person, die ihm als Viktor S. eine Mail geschrieben hat. In der Mail ging es um das Verhökern eines gestohlenen Bildes. Vermutlich ist Viktoria Steinbach dieser Viktor S. Des weiteren hatte Kazkowski Kontakt mit Lars Tiefental, wovon Laura Tiefental nichts gewusst haben will.«

»Und ich habe Kazkowski zusammen mit Onno im Seeblick gesehen, die kannten sich also auch«, ergänzte Kathrin Hansen.

170

»Genau, und bis hierhin ist Kazkowski eindeutig die Schlüsselfigur.

Doch das hat sich geändert.

Ihn hat es erwischt. Gefoltert, erschossen, öffentlich abgelegt. Puh, was für ein Sumpf«, stöhnte Maike Jansen und ließ das Seitenfenster herunter.

»Ich brauche frische Luft.«

»Der Blackstyle«, überlegte Kathrin Hansen weiter, »warum hat man den Hut über dem toten Tiefental platziert. So platziert, dass er gesehen werden musste, dass er auffallen würde.

Dafür kann es nur einen Grund geben:

Man wollte den Verdacht auf eine bestimmte Person lenken.

Auf Bodo Onno.«

»Deshalb auch explizit die Hut Marke, die nur er trägt«, stimmte Maike Jansen zu. »Verdammt, jetzt wird es langsam verzwickt.«

Kathrin Hansen wurde hinter dem Steuer unruhig, sie spürte, sie waren nahe dran.

»Nochmal zurück Maike«, stöhnte sie.

»Kazkowski hat in Hamburg den Hut gekauft, trotzdem, dass er ihm zu klein war, so die Verkäuferin. Und Kazkowski kannte Onno, wusste, was der für eine extravagante Marke trug. Also hatte Kazkowski geplant, das Ding dem toten Tiefental überzustülpen um den Verdacht auf Onno zu lenken. Das bedeutet, dass der Tod von Tiefental da schon beschlossene Sache war.«

»Aber warum«, bei Maike Jansen schossen die Gedanken wie Blitze durch den Kopf, »warum sollte

Onno in die Scheiße hinein geritten werden? Kazkowski hätte doch weiterhin Geschäfte mit Onno, sprich mit der Mafia, machen können.«

»Genau.

Da muss mehr dahinter stecken, darauf wette ich ein Abendessen.«

»Na, super, ich glaube, ich brauche eine Pause«, seufzte Maike Jansen, »mir dreht sich alles im Kopf.«

21. KAPITEL

Friederike bekneiste ihren Mann und vermutete, dass er mit seinen Gedanken bei den Vorfällen auf der Insel war. Beim Abendbrot hatte er ihr von dem Mord im Hafen erzählt und sie gebeten, die Augen nach Typen offen zu halten, die ihr vielleicht unangenehm auffielen. Und so wie sie ihn kannte, würde er sich nicht damit zufrieden geben, die Hände in den Schoß zu legen, um abzuwarten, wie die Dinge sich entwickeln würden.

»Bent, dir ist schon klar, dass du im Ruhestand bist?«, sagte sie schärfer, als sie eigentlich wollte. »Du wirst dir doch dein angenehmes Leben nicht dadurch kaputtmachen, indem du hinter Killer herjagst, denen du nicht mehr gewachsen bist? Und mit Polizist ist auch nichts mehr, du bist Zivilist und handelst dir höchstens Ärger mit den Behörden ein.«

Beruhigend legte Maartens seine Hand auf ihren Arm und blickte sie schmunzelnd an.

»Du glaubst doch nicht im Ernst, dass ich wie früher mit der Waffe in der Hand hinter Halunken herjage, um sie dingfest zu machen?«

Mit Genuss trank Maartens einen Schluck Tee und

blickte durch das Fenster auf den Polderweg. Er sah junge Mütter, die mit ihren Kindern zum Strand pilgerten, um sich einen schönen Tag zu machen. Frauen, die überzeugt waren, dass ihnen auf der Insel nichts passieren konnte, dass ihre Kinder geschützt waren.

»Du musst dir keine Sorgen machen«, meinte er leise, »ich mache hier keinen auf Polizist. Aber ich werde, wenn ich kann, meinen Beitrag leisten, dass die Menschen dort draußen sich weiterhin sicher fühlen können. Ich werde meine Beziehungen spielen lassen und bleibe dabei unsichtbar. Bald ist der Spuk vorbei und das alles ist kein Thema mehr.

Aber wie war es eigentlich heute bei dir im Kinderhort, du wolltest mit den Kindern doch neue Wimmelbilder basteln?«

Anscheinend hatte er den richtigen Nerv bei Friederike getroffen. Sie blickte ihn schelmisch an und meinte, er wolle ja nur vom Thema ablenken.

»Aber gut, du machst ja doch, was du willst«, meinte sie und nahm von der Anrichte ihr Handy.

»Hier«, sie ging ins Archiv, klickte Fotos an und zeigte auf das erste Motiv.

»Das ist Elma Klüser, die Leiterin der *Inselkoje*. Eine ganz nette Person. Die hast du im Ort bestimmt auch schon mal gesehen. Elma hat heute morgen zwei Gruppen zusammengestellt und jede Gruppe musste sich ein Motiv auszudenken. Was da alles bei rauskam, das war schon lustig. Die Kinder haben ja eine unglaubliche Fantasie. Schließlich haben wir uns auf den Bahnhof mit der Inselbahn und auf die

Inselkoje geeinigt. Beide Motive haben viele Einzelheiten zu bieten und die Kinder können sich darin wiederfinden. Das ist das Wichtigste überhaupt.

Und hier sind die Ergebnisse.«

Friederike zeigte die fertigen Wimmelbilder und Maartens war begeistert von der Detailgenauigkeit und Farbigkeit. Durch das große Format, er schätzte es etwa doppelt so groß als ein normaler Briefbogen, waren es schon kleine Poster.

»Unglaublich«, meinte er, »die hast du mit den Kindern an einem Tag gemacht? Die müssen ja wirklich mit Begeisterung dabei gewesen sein.«

»Na, ja«, lächelte Friederike, »damit die fertig wurden, habe ich ein bisschen nachgeholfen. Da waren zwei Kinder, die reisen morgen ab und wollten natürlich die Bilder mitnehmen.«

»Das heißt, ihr habt sie im Kinderhort kopiert?«, wollte Maartens wissen.

»Leider nein, die haben dort keinen so großen Farbkopierer. Aber es hat sich was anderes Spannendes aufgetan«, strahlte Friederike. Sie nippte am Tee, tippte auf ein weiteres Foto, das eine junge Frau mit einem Kind an der Hand zeigte.

»Das ist Heike Bader mit ihrem Sohn Felix.

Sie hat einen Kinderbuchverlag und war so begeistert von den Wimmel Bildern, dass sie meinte, ich sollte doch ein Buch daraus machen. Natürlich mit noch weiteren Motiven. Im Endeffekt gäbe das ein dick kartoniertes Bilderbuch. Und sie würde es verlegen.«

Friederike strahlte über das ganze Gesicht.

»Ist doch toll, oder?«

Auch Maartens war begeistert und vergaß für einige Momente die Grausamkeiten dieser Welt.

»Und dann hat Heike Bader die Bilder von heute fotografiert und jedem Kind versprochen, ihm einen Druck nach Hause zuschicken.

Kostenlos.

Das fand ich ja besonders nett von ihr und die Kinder waren aus dem Häuschen.«

Aus dem Häuschen wäre auch Maartens, wenn seine Überlegungen, die er am Hafen gehabt hatte, die Ermittlungen nach vorne bringen würden. Er hatte mit der Polizeidienststelle telefoniert, um mit der Hauptkommissarin zu sprechen, und Ava Sari an der Strippe gehabt. Kathrin Hansen sei in Wittmund in einer Konferenz und käme erst am Nachmittag zurück, hatte sie erklärt. Bei der Plauderei mit ihr hatte er erfahren, dass ein Geschäftsmann auf der Insel anfangs unter Verdacht gestanden hat, mittlerweile aber aus dem Schneider wäre. Das Ding mit den Hüten wäre ja wohl das Kurioseste, das sie jemals erlebt hätte, hatte Ava Sari amüsiert gemeint. Auf sein Nachhaken hin hatte sie ihm dann die Geschichte erzählt.

Und seitdem arbeitete etwas in seinem Kopf.

Quälend, es hakte, wollte heraus.

Und die kuriose Geschichte wurde immer weniger spaßig. Er hatte Ava Sari gefragt, ob es ein Foto von diesem Geschäftsmann gäbe, und ob er eine Kopie davon haben könnte. Er hätte da so eine Idee.

Mit dem Anliegen hatte er sie in Verlegenheit

gebracht, er hätte daran denken müssen, dass sie das nicht durfte. Aber sie hatte ihm versprochen mit ihrer Chefin zu reden und er sollte sich am Abend nochmals melden.

Es war wie so oft einer der schönsten Augenblicke eines Tages. Mit einem dumpfen, gutmütigen Sirenenton verabschiedete sich die Langeoog IV von Bensersiel und nahm Kurs auf die Insel. Hannes Friese der Kapitän begrüßte die Fährgäste und gab einen Überblick über das Schiff, Fahrtzeit und weiterer Transfer per Inselbahn.

Kathrin Hansen und ihre Kollegin Maike Jansen standen auf dem Oberdeck und sahen entspannt über das Meer in Richtung Langeoog. Mit ihren Argumenten im Hinblick auf Viktoria Steinbach hatten sie es tatsächlich geschafft, das Heidkamp den Gedanken an eine Sonderkommission auf Eis gelegt hatte und sich auf das Auktionshaus in Köln stürzen wollte. Wenn sich herausstellen würde, das Viktoria Steinbach als Viktor S. dem ermordeten Kazkowski die Mail geschrieben hatte, wollte Heidkamp sie verhaften und ihre Firma auf den Kopf stellen. Heidkamp vermutete, und das laut Kathrin Hansen zu recht, dass das Auktionshaus eine Scheinfirma der Mafia sei und Geldwäscherei im großen Stil betrieb. Umgehend hatte er den Kölner Polizeipräsidenten angerufen und sich das Okay für die Zusammenarbeit eingeholt.

Dem Meeresgott sei gedankt.

Sie konnten aufatmen, hatten Zeit gewonnen.

Kathrin Hansen ging gerade zum Schiffskiosk, um zwei Kaffee zu holen, als ihr Handy sich meldete. Ava Sari war dran und freute sich, als sie hörte, dass es mit einer Sonderkommission erst mal nichts war. Abschließend informierte sie Kathrin Hansen, das Maartens sie hatte sprechen wollen und um ein Foto von Bodo Onno gebeten hatte.

»Ein Foto von Onno? Was will er denn damit?«, meinte Kathrin Hansen überrascht.

»Keine Ahnung, ich habe ihm gesagt, dass ich dich erst fragen müsste. Maartens will sich deshalb nochmals bei dir melden.«

Kathrin Hansen fragte sich, was der pensionierte Kollege vorhatte. Überlegte, welche Informationen sie ihm überhaupt geben durfte.

Ganz klar keine, Maartens war Zivilist. Da gab es strenge Dienstvorschriften. Allerdings konnte Kathrin Hansen in manchen Dingen geradezu unglaublich flexibel sein.

Es ging bereits auf den Abend zu, als Kathrin Hansen und Maike Jansen in Langeoog die Inselbahn verließen und Kathrin Hansen noch in die Dienststelle fahren wollte. Maike Jansen bot sich an mitzukommen, wurde aber von ihrer Chefin in den Feierabend geschickt.

»Es wird ein schöner Abend, genieße den Strand und das Meer. Und vielleicht findest du ja einen, der dich begleitet«, meinte sie schmunzelnd.

Irritiert blickte Maike Jansen sie an, kapierte dann aber, was sie meinte.

»Gute Idee. Kathrin du bist die Beste«, sagte sie

und spontan drückte sie ihre Chefin.

»Aber falls sich noch was tun sollte, rufst du an. Versprochen?«

»Versprochen!«

Auf der Dienststelle ging Kathrin Hansen die Post durch, die Ava Sari ihr auf den Schreibtisch gelegt hatte und checkte den Eingang der Mails. Außer, das Heidkamp ihr mitteilte, dass für den kommenden Morgen eine Durchsuchung bei dem Auktionshaus Steinbach angesagt war, gab es nichts Interessantes. Sie wollte schon Schluss machen, als ihr einfiel, das Maartens sich noch melden wollte. Sie überlegte, wo sie ein Foto von Onno finden könnte. Bei dem Anfangsverdacht gegen ihn hatte sie beim Einwohnermeldeamt nachgefragt und ein digitales Foto erhalten. Unter dem Aktenzeichen *Mordfall Tiefental* wurde sie fündig, kopierte die Fotodatei, legte sie auf das Desktop ab und sah sich den Mann an.

Es war nicht gerade das beste Foto, wich aber auch nicht viel von der Life Version ab, die sie kannte. Mit seinen bis auf die Schultern fallenden schwarzen Haaren und seinen schon fast römisch anmutenden Gesichtszügen, wirkte er wie ein Südländer. Sie sah ihn vor sich, als er zur Bank gegangen war. Eindeutig eine elegante Erscheinung.

Und Maartens wollte ein Foto von ihm.

Unruhe beschlich Kathrin Hansen. Sie musste keine Hellseherin sein, um zu wissen, dass der ehemalige Kripochef etwas entdeckt haben musste. Oder glaubte, auf etwas gestoßen zu sein. Sie blickte auf die Uhr, dachte an Hindrik, freute sich auf einen schönen Abend mit ihm und griff seufzend nach dem Handy.

Friederike Maartens meldete sich mit freundlicher Stimme, die in Besorgnis umschlug, als sie hörte, wer dran war.

»Keine Sorge, Frau Maartens, ich will ihren Mann nicht belästigen«, beruhigte Kathrin Hansen sie.

»Ich habe gehört, dass er versucht hat, mich heute zu erreichen. Leider war ich nicht auf der Insel und deshalb rufe ich jetzt zurück.«

Es blieb einen Moment still und Kathrin Hansen hatte das Gefühl, das Friederike Maartens am liebsten aufgelegt hätte. Irgendwie konnte sie es der Frau auch nicht verdenken, sie hatte Sorge um ihren Mann, sie fragte sich bestimmt, was er im Ruhestand noch bei Ermittlungen zu suchen hatte. Kathrin Hansen überlegte, ob sie Maartens nicht ganz heraushalten sollte, dachte dann an Heidkamp mit seiner angedrohten Sonderkommission und verwarf den Gedanken. Als Ratgeber sollte sie Maartens akzeptieren, sie konnte jedes noch so kleine Mosaiksteinchen gebrauchen. In dem Moment hörte sie aber auch schon, wie Friederike Maartens nach ihrem Mann rief und ihr dann noch einen schönen Abend wünschte.

»Ich hätte Sie gleich auch angerufen«, meldete sich Maartens. »Ihre Frau Sari hat mir gesagt, dass Sie erst gegen Abend wieder auf der Insel wären. Ich hoffe, Sie hatten eine nicht allzu stressige Zeit.«

»Na ja, wenn man mal davon absieht, dass wir in Köln möglicherweise ein Mitglied der Mafia unter Druck gesetzt haben, dass wir erleben durften, wie aufbauend es ist, von einem Stau in den anderen zu rutschen und uns am Schluss einen abbrechen mussten, um unseren Chef zu überzeugen, keine Sonderkommission einzusetzen, ging es uns eigentlich ganz gut.

Doch ja, danke der Nachfrage.«

Maartens lachte lauthals.

»Kenne ich, es gibt wirklich Schöneres. Und ich will Sie nicht auch noch vom Feierabend aufhalten. Aber mir ist da heute am Hafen etwas durch den Kopf gegangen, das wollte ich an Sie weitergeben.«

»Jetzt bin ich aber gespannt, schießen Sie los.«

»In einem Telefonat mit meinem Freund Lüppertz, das ist der bei der Hamburger Kripo, habe ich zufällig erfahren, dass Kazkowski hier auf der Insel ermordet aufgefunden wurde.«

»Zufällig«, lachte Kathrin Hansen, »ihr beiden seid mir schon die richtigen.«

»Doch, das hat sich wirklich so ergeben«, wiegelte Maartens ab. »Auf jeden Fall gab mir zu denken, dass der Tote schön platziert auf der Kaimauer am Hafen gefunden wurde.

Genauer: am Yachthafen.«

Yachthafen!

Bei Kathrin Hansen platzte der Knoten.

Plötzlich erkannte sie Varianten, die sich wie Buchseiten aufblätterten.

»Sie meinen, die Täter sind mit einem Boot

gekommen und wurden von Kazkowski am Hafen erwartet. Dann kam es zu einer Eskalation, die Typen haben sich ihn geschnappt, gefoltert und dann erschossen.«

»Genau so stelle ich mir das vor«, meinte Maartens. »Nach der Sauerei haben die Mörder sich anschließend mit ihrem Boot wieder verdünnisiert.«

Und bei diesem Treffen könnte Onno dabei gewesen sein, ging es Kathrin Hansen durch den Kopf. Am Morgen danach kam er dann jungfräulich unbefleckt mit der ersten Fähre auf Langeoog an und niemand konnte ihm was.

Bis jetzt.

Sie würde ihm auf die Pelle rücken.

Dazu brauchte sie aber Hilfe. Nur, wenn sie Heidkamp in Anspruch nehmen würde, gäbe es wieder einen riesen Wirbel. Wer weiß, was dabei herauskäme. Sie musste anders vorgehen und Maartens kam ihr da gerade recht. Mit seiner Bitte um ein Foto von Onno musste er auf den gleichen Gedanken gekommen sein wie sie.

»Sehe ich das richtig, dass Sie das Foto, um das sie gebeten haben, ihrem Freund Lüppertz schicken und ihn fragen wollen, ob er zufällig«, hier musste sie grinsen, »den Mann kennen würde? Sie vermuten, dass Onno in der Sache mit drin steckt?«

Maartens atmete erleichtert auf. Er hatte schon befürchtet, mit seinem Anliegen hätte er sich zu weit vorgewagt, hätte der Hauptkommissarin auf die Füße getreten. Aber sie hörte sich gut an, er hatte das Gefühl, dass sie ihn mit ins Boot nehmen wollte.

»Meine Überlegungen gehen dahin, dass es auf Langeoog Verbündete der Bande geben muss«, erklärte Maartens.

»Verbündete, bei denen Kazkowski, nachdem er Sie im Inselwald überwältigt hat, untergetaucht ist. Und dass diese Leute auch am Mord an dem Kunsthändler beteiligt waren.«

Kathrin Hansen musste zugeben, Maartens hatte im Ruhestand nichts von seinem Instinkt verloren. Er bewegte sich auf der gleichen Linie wie sie. Kurz überlegte sie, ob es wirklich ratsam sei, dass er dem Kollegen bei der Hamburger Kripo das Foto schicken sollte. Die Gefahr, dass etwas zu Heidkamp durchsickern könnte, war groß. Und dann müsste sie sich einiges sagen lassen. Trotzdem, sie musste es riskieren.

»Okay, dass es auf Langeoog Verbündete geben muss, läuft mir auch schon die ganze Zeit hinterher«, stimmte sie Maartens zu.

»Überhaupt, dass ausgerechnet hier auf der Insel die Morde geschehen sind, ist ja schon schwer zu begreifen. Entweder waren es Morde im Affekt, was ich bezweifle, oder sie haben eine besondere Bedeutung. Und ja, es gab Hinweise zu Onno, wir haben ihn überprüft, waren bei ihm zuhause, aber es hat nicht gereicht, um ihn weiter zu verdächtigen. Ich befürchte, ohne einen belastenden Hinweis kommen wir bei ihm nicht weiter. Darum mein Okay, dass Sie Lüppertz das Foto schicken. Allerdings mit der Auflage, dass er den Vorgang streng vertraulich behandelt und ausschließlich mir das Ergebnis zukommen lässt.

Meinen Sie, das kriegen wir so geregelt?«

»Kein Problem, Sie können sich auf Lüppertz verlassen. Der ist für seine Alleingänge geradezu berüchtigt. Wenn auch nicht gerade bei seinen Vorgesetzten dafür beliebt«, lachte Maartens.

22. KAPITEL

Nachdem Kathrin Hansen ihr für den Abend frei gegeben hatte, fuhr Maike Jansen mit dem Rad nach Hause und hatte eigentlich vor, ausgiebig zu duschen und sich dann bei einem kühlen Softgetränk einen Sciencefiction Film anzusehen. Das mit der Dusche klappte, bei der Suche nach einem Film machte sich Frust bemerkbar. Die DVDs kannte sie alle und verspürte keine Lust, sich eine alte Klamotte anzusehen. Und mit Fernsehen war auch nichts.

Kurz entschlossen zog sie Jogging Klamotten an, lief zum Strand und atmete tief durch, als sie ihre Füße ins Meer tauchte. Es herrschte zurückgehendes Wasser und sie konnte entspannt entlang der Wasserlinie laufen. Jetzt war sie direkt froh, dass sie sich keinen Film angesehen hatte. Ihre Gedanken wollten sich beim Laufen mit den Mordfällen beschäftigen, sie drängte sie zurück.

Entspannung war angesagt, einmal weg von dem Sumpf dieser Welt. Ihre Gedanken wanderten zu Olli Friedrichs. Seit Kathrin Hansen gemeint hatte, er wäre in sie verknallt, spielten die Schmetterlinge in ihrem Bauch hin und wieder verrückt. Sie musste zugeben, er gefiel ihr. Bei ihm hatte sie das Gefühl, dass der Lebensdampfer auch in ruhigem Wasser schwimmen konnte. Nicht immer in einer stürmischen See, wie sie es von ihren Eltern her kannte.

Als sie den Sportstrand erreichte, wurde ihr bewusst, dass sie in wenigen Minuten in der Heerenhusstraße sein könnte und überlegte, ob sie bei ihrem Kollegen anklopfen sollte. Von dort aus konnte sie anschließend auf der Höhenpromenade nach Hause laufen. Als sie die Richtung einschlug, kam ihr kurz vor dem Übergang ein Jogger in einem Kapuzen Shirt entgegen. Eigentlich hasste sie diese Shirts, weil sie nie erkennen konnte, wer darunter steckte. Als sie registrierte, dass der Jogger zielstrebig auf sie zulief, beschlich sie ein komisches Gefühl. Sie verlangsamte ihr Tempo und atmete auf, als sie Friedrichs erkannte.

»Du bist das«, sagte sie erleichtert, »von Weitem habe ich dich gar nicht erkannt.«

»Gerade habe ich an dich und Kathrin gedacht«, meinte Friedrichs. »Ich hatte überlegt, ob ihr noch unterwegs sein könntet. Kurz vor Feierabend habe ich in Wittmund angerufen, um Kathrin zu fragen, ob noch etwas anliege. In der Konferenz wollte man sie aber nicht stören. Wie gesagt, es war ja auch nichts Wichtiges.

Und«, grinsend sah er sie an, »wie war es bei der Mafia Braut in Köln?«

Maike Jansen winkte ab.

»Jetzt ist Dienstliches out, morgen früh ist

Besprechung, da werden alle Fakten auf den Tisch gelegt. Nur soviel, dass wir Heidkamp von dem Gedanken, eine Sonderkommission einzusetzen, abbringen konnten. Fürs Erste jedenfalls.«

»Na, das ist doch eine gute Nachricht, jetzt macht mir das Laufen noch mal mehr Spaß.«

»Nimmst du mich mit?«, meinte Maike Jansen und sah ihn mit glänzenden Augen an.

»Tja«, Friedrichs machte ein verkniffenes Gesicht. »Eigentlich wollte ich hoch bis Flinthörn, aber mit einer Strand Schnecke im Schlepptau wird das wohl nichts.«

»Wattwurm«, antwortete Maike Jansen grinsend, »mal sehen, wer zuerst ein Päuschen machen muss.«

»Dann mal los.«

Es war eine herrliche Atmosphäre, sie fühlten wie die wärmenden Strahlen der Sonne sie umschmeichelten, hörten das Rauschen des Meeres als ständigen Begleiter und liefen leichtfüßig entlang der Wasserlinie. Maike Jansen war glücklich, sie fühlte sich so wohl wie seit langem nicht mehr. Für einen kurzen Augenblick dachte sie an ihre Eltern, wünschte sich, sie würden wieder zueinander finden. Würden auch mal wieder zusammen am Strand spazieren gehen, so wie sie es früher oft gemacht hatten, als sie noch klein gewesen war. Sie blickte zu Friedrichs hin und wischte die trüben Gedanken beiseite. Er hatte einen ausgeglichenen, ruhigen Laufstil.

Ausgeglichen, ruhig, seine Art durchs Leben zu gehen.

Und ihr gefiel das.

Spontan fasste sie seine Hand und synchron liefen sie so eine Weile schweigend weiter.

Weiter vorne bemerkte sie einen Spaziergänger, der ihr bekannt vorkam. Sie drückte leicht die Hand von Friedrichs und meinte, sie möchte etwas gehen. Er folgte ihrem Blick und sah sie fragend an.

»Kennst du ihn?«

»Wenn ich mich nicht täusche, ist das dieser Onno. Maartens wollte doch heute ein Foto von ihm haben, hat dir Ava das nicht erzählt?«

»Nein, wir haben uns nur kurz gesehen, weil ich früher weg musste. Meine Tante bekam eine neue Waschmaschine, da musste ich mit anpacken. Aber wozu braucht Maartens ein Foto von dem Mann? Maartens ist doch im Ruhestand, ist das Kathrin überhaupt recht, dass er sich so reinhängt?«

»Olli, ich glaube, sie ist sogar froh, dass er seine Hilfe anbietet. Und die ist nicht zu unterschätzen. Maartens war immerhin jahrzehntelang Leiter der Mordkommission in Hamburg. Über die Grenzen hinaus kennt er Gott und alle Menschen. Seine hohe Aufklärungsquote war sogar ein Thema auf der Polizei Hochschule. Und du weißt ja, wie das ist, alte Seilschaften löst man nicht so einfach. Seine Verbindungen sind Gold wert.«

»Ich mag Maartens sowieso gut leiden«, meinte Friedrichs, »mir geht es nur darum, das Kathrin sich von ihm nicht überfahren fühlt. Aber so ist es dann ja okay. Und du hast recht, jetzt, wo ich den Mann betrachte, erkenne ich ihn auch wieder. In seinem

Haus wirkte er zwar eleganter, aber er ist es.«

»Wir bleiben hinter ihm, ich will sehen, wohin er geht«, meinte Maike Jansen und überlegte, was Onno um diese Uhrzeit am Strand wollte. Eigentlich kam er ihr nicht wie ein eifriger Spaziergänger vor. In Höhe der Süderdünen staunte sie dann nicht schlecht, als eine ganz in weiß gekleidete Frau mit einem Strohhut auf dem Kopf und einer großen Sonnenbrille auf der Nase den Übergang herunterkam und zielstrebig auf Onno zuging. Er musste sie bereits gesehen haben und ging ihr entgegen. Erstaunt beobachtete Maike Jansen, wie die beiden sich küssten und dann Hand in Hand am Strand weiter in Richtung Flinthörn schlenderten.

»Ich glaube, uns ist da einiges entgangen«, meinte sie leicht frustriert. »Oder Olli, hast du mitbekommen, das Onno eine Geliebte oder so was in der Art hat?«

»Nein, da war nichts. Ich bin auch total überrascht.«

Im Kopf von Maike Jansen schlugen die Gedanken Purzelbäume. Sie dachte an das Gespräch am Nachmittag mit ihrer Chefin, als Kathrin Hansen meinte, dass mehr dahinter stecken müsste, als ihnen bisher bekannt sei. Und nun das Bild vor ihr, Onno mit einer Frau, die ihm anscheinend sehr nahe stand, diese Szene bewegte etwas in Maike Jansen. Schlagartig wurde ihr klar, dass sie etwas übersehen hatten.

»Olli, wir müssen heraus bekommen, wer diese Frau ist«, sagte sie bestimmt. »Ihre Sonnenbrille und den Strohhut wird sie ja irgendwann mal ausziehen. Nur doof, dass ich mein Handy nicht dabei habe, sonst würde ich ein Foto von ihr machen.«

»Kein Problem.«

Friedrichs zog aus der Hosentasche sein Handy und wedelte damit Maike Jansen vor der Nase herum.

»Kannst du gerne haben, aber vorher mache ich ein Foto von der schönsten Strand Schnecke, die je ihre dreckigen Füße hier ins Wasser gesetzt hat«, sagte er grinsend.

»Dreckige Füße«, fauchte Maike Jansen und zog ihn in knöcheltiefen Schlick hinein.

»Aber das mit der schönsten Strand Schnecke«, schnurrte sie, »das hast du wirklich schön gesagt.«

Sie stellte sich vor Friedrichs hin, packte ihn fest am Shirt und zog sein Gesicht so weit herunter, dass sie auf einer Ebene waren. Forschend blickte sie in seine Augen, bemerkte die Ruhe in seinem Blick, wurde überwältigt von der Wärme, die ihr entgegen strömte.

»Mein Gott noch, Olli«, presste sie heraus, »ich glaube, ich bin in dich Wattwurm verknallt.«

Dann küsste sie ihn so stürmisch, das Friedrichs glaubte, eine Sturmflut zu erleben.

»Puh, das war jetzt mal angesagt«, äußerte sich Maike Jansen anschließend und sah ihn mit glänzenden Augen an.

In dem Moment wurde Friedrichs abgelenkt und zeigte nach vorne.

»Da!

Onno und die Unbekannte gehen zum Übergang.

Wir müssen hinterher.«

Sie folgten dem Paar, das an der Mutter-Kind-Klinik vorbei ging und in den Süderdünenring einbog.

»Die gehen zu ihm nach Hause«, stellte Friedrichs fest. »Näher an die Frau heranzukommen, können wir vergessen.«

»Verdammt, können wir denn gar nichts machen«, knurrte Maike Jansen. »Wir müssen wissen, wer die Frau ist.«

»Mich kennt Onno, ich war mit Kathrin bei ihm zuhause, aber du hattest doch noch keinen Kontakt mit ihm, oder?«

»Nein, Kathrin und ich haben ihn nur einmal beschattet, als er von zuhause aus zur Sparkasse gegangen ist, aber da hat er mich nicht bemerkt. Aber guck mal, die gehen an seinem Haus vorbei. Die wollen noch woanders hin.«

Tatsächlich schlenderte das Paar weiter bis in die Kirchstraße und steuerte das Hotel Seeteufel an. Wie alte Bekannte wurden sie auf der Terrasse von einem Kellner begrüßt und an einen besonders schönen Tisch dirigiert.

Maike Jansen sah Friedrichs an.

»Hast du Geld dabei?«

Er schüttelte den Kopf und meinte, beim Joggen würde er außer dem Handy nie etwas dabei haben.

»Aber warum meinst du?«

»Wenn wir hier was trinken würden, gäbe es vielleicht eine Gelegenheit, der Frau mal ins Gesicht zu sehen«, meinte Maike Jansen. »Mist, aber auch. Ich habe nichts an Kohle dabei.«

»Das kriege ich schon geregelt«, erwiderte Friedrichs vergnügt, »ich kenne den Sohn des Hauses, wir gehen zusammen Kite Surfen. Setze dich schon mal an einen Tisch und gib die Bestellung auf. Für mich bitte ein alkoholfreies Jever.« Damit wandte er sich ab und ging in das Hotel.

Maike Jansen wählte einen Tisch direkt neben dem Paar und setzte sich so, dass sie die Frau im Auge hatte. Friedrichs sollte sich mit dem Rücken zu Onno setzen.

Nachdem Onno und seiner Begleiterin das zweite Glas Wein serviert wurde und die Frau immer noch keine Anstalten machte, die dämliche Sonnenbrille abzunehmen, wurde Maike Jansen langsam unruhig. Sie hatte keinen Bock mehr, noch lange in Jogging Klamotten auf dem Stuhl festzukleben. Und sich unbeschwert mit Olli zu unterhalten, klappte auch nicht so richtig. Dafür waren sie zu angespannt.

Doch dann atmete sie auf.

Mit einem Lächeln zu Onno hin stand die Unbekannte auf und ging ins Hotel. Die geht aufs Klo, schoss es Maike Jansen durch den Kopf.

Die Chance.

»Olli, dein Handy«, murmelte sie, steckte es hastig in die Hosentasche und folgte der Frau. Im WC Bereich bekam sie gerade noch mit, wie eine Toilettentür geschlossen wurde und überlegte, wie sie es anstellen könnte, von der Frau unauffällig ein Foto zu machen. Weniger, wegen möglichen Ärger mit ihr, sondern um sie nicht misstrauisch zu machen. Sie sah sich im Waschbereich um, blickte vor sich auf die verspiegelte Wandfläche und sah darin in ihrem Rücken die Türen zu den einzelnen Toiletten.

Selfie, schoss es ihr durch den Kopf.

Das ist es.

Ich werde mich einfach mal so richtig schön doof anstellen. Schnell überprüfte sie die Fotoeinstellung des Handys und machte eine Probeaufnahme. Nicht nur sie war gut getroffen, sondern auch die Klotüren.

Perfekt.

Jetzt konnte sie nur hoffen, dass die Frau nicht auch noch auf dem Klo die Sonnenbrille angelassen hatte. Sie hörte, wie die Spülung betätigt wurde, stellte sich geziert vor die Spiegelwand und hielt in typischer Selfie Pose das Handy vor sich. In dem Moment, als die Klotür sich öffnete und die Frau herauskam betätigte sie den Auslöser.

Wie angeschossen blieb die Frau stocksteif stehen, riss die Augen weit auf und blickte Maike Jansen an, die blitzschnell ihre Stellung veränderte und noch ein Foto schoss. Wie beseelt sprang Maike Jansen dann in die Höhe und sprudelte heraus, dass ihre Freundinnen vor Neid platzen würden, wenn sie das Selfie bekämen.

»Geil, stellen Sie sich vor, ich hier im Nobelhotel Seeteufel, davon können die ja nur träumen. Soll ich von Ihnen auch ein Foto machen?«, fragte sie die perplex drein blickende Frau. »Ich schicke es Ihnen auch gerne auf Ihr Handy.«

Von einem Moment auf den anderen änderte sich der Gesichtsausdruck der Frau. Aus ihren Augen schossen Blitze, wütend starrte sie Maike Jansen an.

Es war deutlich, am liebsten hätte sie sich auf sie gestürzt. Maike Jansen tat so, als würde sie die aggressive Reaktion nicht bemerken und mit einem »dann eben nicht«, drehte sie sich um und verließ den Raum.

23. KAPITEL

Gebannt starrten sie auf das Bild, das der Beamer auf die Wand geworfen hatte. Maike Jansen war zufrieden, dass Selfie waren gut gelungen. Klar und scharf hatte sie das Gesicht der Frau getroffen.

»Ich fasse es nicht«, meinte Kathrin Hansen frustriert. »Es ist nicht zu glauben, Laura Tiefental ist offensichtlich die Geliebte von Onno.«

»Mein Gott noch«, stöhnte Heidkamp, »wie viele Lover kann die Frau denn noch verkraften. Sie ist ja nun gerade auch nicht mehr die Jüngste. Wenn auch zugegeben, noch sehr attraktiv«, schnulzte er und Kathrin Hansen fragte sich, ob die Frau auch ihn um den Finger wickeln könnte.

»Und die hat mir was von Kazkowski vorgeheult, dass sie geschockt wäre, seit sie herausbekommen hat, dass er ein Krimineller ist.«

»Eiskalt, die Frau ist eiskalt«, warf Maike Jansen ein. »Ich habe es an ihren Augen gesehen, als ich das Selfie gemacht habe. Wenn sie gekonnt hätte, hätte sie mich auf der Stelle gekillt.«

»Wir müssen sie vernehmen«, sagte Kathrin

Hansen an Heidkamp gewandt. »Ich bin überzeugt, dass sie in diesem Spielchen, das hier abläuft, mit drin hängt. Was sie mir erzählt hat, war gelogen, zumindest teilweise. Das mit der angeblichen Mail von Viktor S. könnte eine Finte gewesen sein. Sie wollte uns auf die Spur von Viktoria Steinbach setzen. Warum, müssen wir noch herauskriegen.«

»Um sie loszuwerden«, meinte Maike Jansen überzeugt. »Vielleicht hatte die Steinbach mit Kazkowski auch ein Verhältnis und die Tiefental war eifersüchtig.«

»Was für ein Hickhack«, ächzte Heidkamp. »Da soll sich noch einer auskennen, wer mit wem ins Bett gegangen ist.

Aber weiter zur Sache.

Was können wir als Grund angeben, um Laura Tiefental vernehmen zu können? Dass sie sich mit Onno trifft, ist schließlich kein Verbrechen.«

In diesem Moment brummte das Handy von Kathrin Hansen und sie sah im Display die Nummer von Maartens.

»Eine Minute«, sagte sie entschuldigend und ging aus dem Raum. Sie merkte, dass sie aufgeregt wurde, wie ihr Bauch sich verkrampfte.

»Ich hoffe, ich störe nicht«, sagte Maartens. »Aber es gibt eine verdammt beschissene Neuigkeit im Hinblick von diesem Onno.«

Die Krämpfe im Bauch von Kathrin Hansen steigerten sich zu ätzenden Turbulenzen.

»Das kommt gerade richtig, wir haben das Thema auf dem Tisch«, presste sie heraus. »Bei uns haben sich auch neue Verdachtsmomente aufgetan und Kriminalrat Heidkamp sitzt mit am Tisch.

Schießen Sie los.«

»Halten Sie sich fest«, warnte Maartens.

»Bodo Onno, alias Carlo Renzi, Familienoberhaupt des italienischen Renzi Clan in Hamburg.

Mafia in reinster Form.

Geldwäscherei, Drogen, Prostitution, Hehlerei. Sie können es sich aussuchen.«

Kathrin Hansen suchte Halt am Türrahmen.

Das war eine Nummer, damit hatte sie nicht gerechnet. Eine Nummer, die sie nicht alleine verarbeiten konnte.

»Woher kommen die Fakten?«

»Interpol. Lüppertz hat da gewisse Verbindungen.«

»Wahnsinn, bleiben Sie dran, ich gehe zu Heidkamp, wir schalten eine Telefonkonferenz.«

Man musste ihr wohl angesehen haben, dass etwas Gravierendes vorgefallen war. Schlagartig verstummten die Gespräche und Heidkamp blickte sie mit gerunzelter Stirn an. Sie setzte sich hin, koppelte den Lautsprecher auf dem Tisch über Bluetooth mit ihrem Handy und nickte Heidkamp zu.

»Maartens, Ihr alter Freund.«

Wenn Heidkamp überrascht war, ließ er es sich nicht anmerken.

»Berend, jetzt habt ihr mich aber erwischt«, ließ sich Maartens fröhlich vernehmen. »Ich habe gehört, du bist hier auf Langeoog, in der Dienststelle. Das passt gerade gut.«

»Bent, schön dich mal wieder zu hören«, erwiderte

Heidkamp. »Ist ja schon eine Weile her, dass wir beide ein Bierchen zusammen getrunken haben. Aber deshalb rufst du bestimmt nicht an. Könnte es sein, dass du zufällig«, Heidkamp grinste sich einen, »etwas gehört hast, was die Vorfälle hier auf der Insel betreffen?«

»Genau, Berend. Man hat ja immer noch Kontakt zu alten Weggefährten und da ergibt sich schon mal das eine oder andere. Bei der Sache hier habe ich gedacht, das wäre was für euch.«

Und dann wiederholte Maartens das, was er der Hauptkommissarin mitgeteilt hatte.

Danach vergaß Heidkamp, dass er seinen Tee eigentlich hingebungsvoll schlürfte. Vorsichtig nippte er an der Tasse und Kathrin Hansen sah ihm an, dass es gewaltig in ihm arbeitete. Hoffentlich nahm er Maartens das mit den Weggefährten ab, dachte sie.

»Bent, du bist sicher, das ist keine Ente?«, meinte Heidkamp schließlich.

»Ja.«

»Ein Mafiaboss hier auf Langeoog, das glaubt doch keiner«, raunzte Heidkamp. »Aber genau deshalb ist es genial.« Frustriert blickte er in die Runde und sein Blick blieb bei Kathrin Hansen hängen.

»Das wird Wellen schlagen.

Eine Sturmflut wird uns überschwemmen.

Die Medien werden sich auf uns stürzen.

Ich brauche einen Schnaps.

Wir gehen in den *Fährmann*, dort klären wir die Lage. Und du Bent, kommst mit«, knurrte er in das Mikrofon und erhob sich abrupt von seinem Stuhl.

24. KAPITEL

Von der Dienststelle aus waren es nur ein paar Minuten bis zur Gaststätte und Maartens hatte es vom Polderweg auch nicht viel weiter. Von unterwegs hatte Heidkamp das Hinterzimmer reservieren lassen und für alle Bratkartoffel mit Matjes bestellt. Er ahnte, dass sie vor dem Sturm noch etwas Ordentliches zu essen vertragen könnten. Sein nächstes Telefonat führte er mit dem Polizeipräsidenten in Osnabrück. Klärte ihn über die Fakten auf und bat ihn, seinerseits bei Interpol und Co. über Bodo Onno ausgraben zu lassen, was es auszugraben gab. Dr. Klaus Henning war anfangs über den kuriosen Ablauf der Ermittlungen ziemlich sauer gewesen, versprach aber schließlich, alle Informationen sofort an Heidkamp weiterzuleiten. Und sobald er von Interpol die Bestätigung über Carlo Renzi hatte, würde Haftbefehl gegen ihn beantragt. Staatsanwalt und Richter wollte er vorab schon informieren. Wie sie mit Laura Tiefental verfahren würden, hinge von den weiteren Ermittlungen ab.

Mehr konnte Heidkamp im Moment nicht erwarten. Als Verstärkung forderte er noch drei Leute von Wittmund an und ging dann mit der Truppe in den *Fährmann*.

»Ist ja wohl allen klar, das Alkoholfreies angesagt ist«, gab Heidkamp von sich. Hatte dabei keine Probleme, dass er und Maartens bereits einen Klaren an der Theke gekippt hatten. Das Vorrecht der Senioren, so sein Statement.

»Also«, Heidkamp blickte auf die Uhr. »Ich denke, wir haben etwa zwei Stunden Zeit, bis wir den Haftbefehl für Onno auf den Tisch liegen haben. Bis dahin legen wir fest, wie wir vorgehen werden.« Er sah zu Maartens hin und nickte ihm zu.

»Bent, du musst dich, wenn es losgeht, zurück ziehen, du kennst ja die Dienstanweisung.«

»Schon klar, ich verschwinde dann.«

»Gut, dann würde ich vorschlagen, wir fassen die Fakten nochmals zusammen, legen die Strategie fest und zwischendurch gibt es was zu Essen.«

Es war nicht zu übersehen, dass Maike Jansen zunehmend unruhig auf ihrem Stuhl hin und her rutschte.

»Fluchtgefahr, der Typ kann uns abhauen«, sprudelte es dann auch aus ihr heraus.

»Wir müssen ihn beschatten.

Sofort.«

Sie blickte zu Friedrichs hin.

»Das könnten Olli und ich machen. Und sollte Bodo Onno auch nur seine Nasenspitze sehen lassen, melden wir uns.«

Nachdenklich blickte Kathrin Hansen sie an. Sie musste ihr Recht geben, während sie hier herum saßen, konnte Onno sich absetzen. Aber sie durfte die beiden keiner Gefahr aussetzen. Niemand wusste, wie viele Leute Onno um sich gescharrt hatte. Sie wechselte einen Blick mit Heidkamp, sah sein Einverständnis und stimmte schließlich zu.

»Okay, aber denkt an die Nasenspitze. Sobald sich was tut, meldet ihr euch. Ihr bleibt unsichtbar, keine Alleingänge, und lasst euch von der Küche was einpacken, es kann ein langer Tag werden.«

Nachdem die beiden verschwunden waren, wollte Heidkamp die Geschehnisse nochmals geordnet wissen. Ihm war klar, dass Onno einen gewissen Einfluss haben musste. Dass er, wen auch immer, schmierte, erpresste oder bedrohte. Ansonsten war es nicht zu erklären, dass er als Mafia Boss, alias Carlo Renzi, noch frei herumlief.

Die Gründe für einen Haftbefehl mussten fest wie Beton sein. Leute wie Onno hatten genug gewiefte Anwälte, die in Nullkommanichts ihre schwer zahlenden Klienten wieder draußen hatten.

»Es muss auf Mord hinaus laufen, Onno muss wegen Mordes an Tiefental und Kazkowski angeklagt werden. Dann haben wir eine Chance, den Mann erst einmal festsetzen zu können«, sinnierte Heidkamp laut.

»Frage, was haben wir«?

Er blickte die Hauptkommissarin an.

»Fassen Sie zusammen.«

»Okay. Die Morde an Tiefental und Kazkowski

waren keine im voraus groß geplante Aktionen«, begann Kathrin Hansen.

»Im Grunde hatte keiner der Beteiligten davon einen Nutzen. Keinen wirtschaftlichen Nutzen.

Folgendes ist geschehen:

Es wurde in Herrenhäuser eingebrochen. Hier war Kazkowski der führende Akteur. Er suchte die Objekte aus, erschlich sich das Vertrauen der Besitzer und machte später den Bruch. Ob alleine, oder mit Hilfe anderer, wissen wir nicht. Ich tendiere dazu, dass er Kumpels hatte, die fleißig mit ausgeräumt haben.

Weiter.

Von Lars Tiefental wurde der Wert der Beute geschätzt. Er war so etwas wie der Gutachter der Bande und transferierte anschließend die Stücke an Onno, also an die Mafia. Ob direkt zu Onno nach Langeoog, oder an diverse Verkäufer wie das Auktionshaus Steinbach, bleibt zu klären. Ich nehme an, sie haben ein Splittingverfahren angewandt. Die Beute so verteilt, wie es für den weiteren Verkauf am sinnvollsten war.

Alle bekamen ihren Anteil, alle verdienten daran.

Mit den Morden hörte das auf.

Also können die Motive nur Rache, Bestrafung, gewesen sein.«

Abschätzend sah Kathrin Hansen in die Runde, ob bis dahin Einverständnis herrschte.

Es schien so.

»Gemäß den Eintragungen in der Kladde, die Laura Tiefental mir gegeben hat, hat ihr Mann

Kunstgegenstände an Viktoria Steinbach zum Verkauf gegeben. Garantiert handelte es sich hierbei um Beutestücke, die Tiefental auf Seite geschafft hat.

An Onno vorbei.

Ohne dass die Mafia mitkassierte.

Das ging gar nicht.

Als die Brüder dahinterkamen, wurde Tiefental gekillt.

Nach traditioneller Mafiamethode.

Geschlagen, gefoltert, lebendig verbuddelt.«

Bei der Vorstellung bekam Kathrin Hansen einen trockenen Hals und trank einen Schluck Grapefruit.

»Jetzt kommen wir zu Onno.

Da er damit rechnen musste, dass man bei den Ermittlungen auf ihn stoßen könnte, hat er vorgesorgt.

Vorgesorgt auf ganz raffinierte Weise.

Bewusst hat er den Verdacht so offensichtlich auf sich gelenkt, dass er schon nicht mehr glaubhaft war. Ich spreche hier von dem Hut auf dem Todeshügel, unter dem Tiefental sein Leben ausgehaucht hat. Den Blackstyle hat sich Onno von Kazkowski besorgen lassen. Hat dabei bewusst eine kleinere Größe angegeben, als er sie trägt. Somit musste der Verdacht letztendlich auf Kazkowski fallen.«

»Sehr gewagt«, warf Heidkamp ein. »Doch es könnte so gelaufen sein.«

»Dazu kam noch Persönliches ins Spiel«, erläuterte Kathrin Hansen weiter.

»Durch den Tod ihres Mannes wurde Laura Tiefental frei. Frei von ehelicher Bindung. Sie und

Onno müssen sich gekannt haben, hielten das aber bedeckt. Onno als Familienoberhaupt des Clan konnte nicht anders. Bei denen wird die Familie ganz groß geschrieben, eine Beziehung zu einer verheirateten Frau ist unmöglich.

Wenigstens öffentlich.

Mit Laura Tiefental als Witwe, konnte Onno sich sehen lassen. Nur gab es da noch Kazkowski. Der Mann, der bei der Frau nach der Trennung von ihrem Mann den Tröster gespielt hat. Inzwischen für Laura Tiefental ein Auslaufmodell. Für Onno ein Schlag ins Gesicht, wenn er daran dachte, dass seine Auserwählte mit diesem Mann ins Bett gegangen ist.

Dazu wurde Kazkowski geschäftlich unzuverlässig. Er hatte Spielschulden, war angreifbar und für die Mafia eine tickende Zeitbombe.

Also musste er weg.«

Maartens seufzte leise.

»Mein Gott noch, bin ich froh, dass ich nicht mehr in diesem Morast herum stochern muss«, meinte er und bestellte bei der Kellnerin, die gerade herein kam, ein Bier.

»Ich bin ja Zivilist«, sagte er grinsend mit Blick zu Heidkamp hin.

Angespannt trommelte Kathrin Hansen mit den Fingern auf den Tisch.

»Laura Tiefental«, sagte sie nachdenklich, »ist eine noch unbekannte Größe. Es ist zu hinterfragen, ob sie von den Morden an ihrem Mann und an Kazkowski gewusst hat. Ob sie sogar die treibende Kraft war, die dahinter steckte. Damit sie sich ganz

Onno widmen konnte. Vielleicht wollte sie ihr Leben in geregelte Bahnen bringen, war das Herumgehopse mit verschiedenen Männern satt.«

Heidkamp setzte gerade zu einer Bemerkung an, als sein Handy vibrierte.

»Polizeidirektion Osnabrück, unser Boss persönlich«, brummte er, nahm das Gespräch an und drückte auf Lautsprecher.

»Da habt ihr ja in ein Wespennest gestochert«, ließ sich Dr. Henning frustriert hören. »Ihr auf eurer verschlafenen Insel bringt hier einige Leute ganz gewaltig auf die Palme. Unser Mann muss gute Kontakte zur Politik haben.«

»Darum läuft der Scheißkerl ja auch noch frei herum«, konnte Heidkamp sich nicht verkneifen zu sagen. Einen Moment herrschte Funkstille, bis Dr. Henning schließlich lauthals lachte.

»Ausgerechnet mitten unter euch Insulanern lebt einer der größten Mafia Bosse, den wir zur Zeit in unserer Republik herumlaufen haben. Carlo Renzi hat im Hamburger Nobelviertel eine Villa, ihm gehören mehrere Wohnblocks und in wer weiß wie vielen Bars, Clubs und Spiel Casinos hat er seine Finger mit drin. Razzien in seinen Establishments verpuffen in der Regel ergebnislos. Er gilt als sehr spendabel, wenn ihr wisst, was ich meine.

Ihm selbst konnte nie etwas nachgewiesen werden. Seine Steuererklärung ist in Ordnung, er bezahlt pünktlich seinen Obolus an den Staat und unterstützt Wohltätigkeitsveranstaltungen. Und dieser Mann kriecht bei euch unter, macht einen auf netten

Zeitgenosse und betreibt in aller Ruhe seine Geldwäscherei. Genau das wird nämlich hinter seinem Export-Import Geschäft stecken. Und da das auf Langeoog geschieht, ist er von vorneherein schon selig gesprochen. Sprich unverdächtig.«

Kathrin Hansen blickte in die Runde und war froh, dass keine Videokonferenz stattfand. Das Grinsen ihrer Leute, Heidkamp und Maartens eingeschlossen, hätten dem Polizeipräsidenten wohl möglich nicht so ganz gefallen.

Im Hintergrund hörten sie, wie einige Leute heftig diskutierten, bis Dr. Henning sich schließlich wieder meldete.

»Also gut«, begann er mit hörbarer Überwindung. »In wenigen Minuten geht der Haftbefehl für Bodo Onno, alias Carlo Renzi, per Fax an euch raus. Seine beiden Identitäten geben uns die Möglichkeit dazu. Ihr nehmt seine Bude auseinander und betet, dass ihr was findet, das ihn endlich dingfest macht. Sonst ist der in spätestens vierundzwanzig Stunden wieder auf freiem Fuß. Zwei meiner besten IT Leute kommen mit dem Heli rüber und nehmen seine Kommunikationsmittel auseinander. Ich könnte mir vorstellen, dass es da einige gibt.

Wie viele Leute seid ihr?«

»Mit den Leuten von Wittmund, die jeden Moment eintrudeln, sieben«, antwortete Heidkamp.

»Habt ihr Schusswesten und Waffen, die noch nicht eingerostet sind?«

Kathrin Hansen konnte das zynische Grinsen im Gesicht von Dr. Henning förmlich vor Augen sehen.

»Alles da«, erwiderte Heidkamp unbeeindruckt.

Dann hörten sie wieder irgendein Gemurmel und am Schluss schlug der Polizeipräsident vor, eine GSG Einheit auf die Insel zu schicken. Kathrin Hansen spürte, wie sie Schweißausbrüche bekam und sah flehentlich zu Heidkamp hin, der sich an seinem Wasser verschluckte. Anscheinend war Dr. Henning von dem Vorschlag aber auch nicht so ganz angetan, Heidkamp hatte jedenfalls keine große Mühe, ihn davon abzubringen.

Erleichtert wollte Kathrin Hansen sich dazu äußern, als ihr Handy sich meldete. Sie blickte aufs Display und wurde leichenblass.

25. KAPITEL

Immer darauf gefasst, plötzlich auf Bodo Onno oder Laura Tiefental zu treffen, gingen sie in den Süderdünenring. Als sie sahen, dass die Straße verlassen vor ihnen lag, atmeten sie erleichtert auf. Sie registrierten, dass vor dem Haus von Onno ein Elektrokarren parkte und spontan fasste Maike Jansen ihren Kollegen am Arm und blieb auf der Stelle stehen.

»Olli, warte, wir müssen sehen, was da abläuft.«

In dem Moment kamen zwei Leute aus dem Haus und luden Kisten in einen Container, der auf der Ladefläche des Transporters stand. Danach stiegen sie in den Elektrokarren und rasten an ihnen vorbei in Richtung Hafen.

»Verdammt, wir müssen wissen, was in den Kisten ist«, fluchte Friedrichs und zückte sein Handy.

»LG 4028-200«, buchstabierte Maike Jansen ihm die Nummer des Containers.

Friedrichs hatte Glück. Hein Larsen, der Hafenleiter, war an der Strippe und Friedrichs erklärte ihm, dass der ankommende Container nicht verschifft werden durfte. Es ginge um eine internationale Patentsache, so seine Argumentation. Der Zoll müsse die Angelegenheit erst noch klären.

»Aber Hein, mache es so, dass keiner was davon mitkriegt«, sagte er. »Ich melde mich nachher nochmal.«

Gerade wollte Maike Jansen ihre Chefin anrufen, als ein Elektro-Motorroller modernster Bauart in den Süderdünenring gebraust kam. Durch den dunklen Fahrerhelm war nicht zu erkennen, wer so verrückt herumkurvte. Sie sahen, wie der Fahrer vor dem Haus von Onno abbremste und den Roller abwürgte.

»Den würde ich mir gerne vorknöpfen«, schimpfte Friedrichs. »Nur gut, dass hier gerade keine Kinder auf der Straße waren.«

»Die«, klärte Maike Jansen ihn auf. »Olli, das ist eine Frau, sieh dir mal den Körperbau an.«

Unentschlossen blickte Friedrichs zu dem Haus hin.

»Verdammt, was machen wir jetzt? Wir müssen Kathrin informieren.«

»Erst will ich mehr wissen«, erwiderte Maike Jansen entschieden.

»Wir machen einen auf verliebt.«

Als sie in die Kulleraugen ihres Kollegen blickte, dachte sie an Deichschafe, die verwirrt in den Tag blickten. Grinsend legte sie ihren Arm um seinen Hals, zog ihn nahe an sich heran und schlenderte mit ihm auf das Haus zu. Vor dem Eingang staunten sie dann nicht schlecht, als sie bemerkten, dass die Haustür weit offen stand und sich im Haus eine fürchterliche Szene abspielen musste. Laute, schrille Wortfetzen flogen ihnen entgegen und Maike Jansen konnte zwei Frauenstimmen unterscheiden.

»Wow, hier geht aber richtig was ab«, meinte sie, als im gleichen Moment zwei Schüsse fielen. Fassungslos starrte sie zum Haus hin, als Friedrichs bereits ins Innere stürmte.

»Zurück, Olli«, brüllte sie, als kurz darauf ein weiterer Schuss fiel. Dann war Ruhe. Nichts rührte sich mehr. Maike Jansen glaubte, ihr würde der Boden unter den Füßen weggezogen.

»Nein«, stammelte sie.

»Olli, nein.«

Dann fühlte sie eine nicht mehr zu kontrollierende Wut in sich aufsteigen. Mit einem Satz war sie an der Eingangstür, sah Friedrichs in der Diele auf dem Boden liegen und vergaß alles, was sie je in ihrer Ausbildung gelernt hatte. Sie lief auf ihn zu und bemerkte, wie Laura Tiefental mit einem irren Lachen eine Pistole auf sie richtete.

»Schätzchen, du hast mir noch gefehlt«, hörte sie die Frau sagen und blieb wie angenagelt stehen.

»Wir brauchen einen Arzt«, schrie Maike Jansen und griff nach ihrem Handy. Sie registrierte noch einen lauten Knall und nahm schon nicht mehr wahr, wie sie im Reflex die Notruftaste drückte.

Kathrin Hansen sprang auf und sah Heidkamp entsetzt an.

»Die Notruftaste, Maike hat die Notruftaste gedrückt«, brüllte sie panisch. Ohne eine Reaktion abzuwarten, stürzte sie aus der Kneipe und lief zum Süderdünenring. Dabei wäre sie beinahe von einem Motorroller, der heran geschossen kam, umgenietet worden.

»Arschloch«, schimpfte sie und lief schneller. Fieberhaft versuchte sie Maike Jansen und Friedrichs zu erreichen.

Nichts.

Nur der Eingang des Notrufs blinkte Nerv tötend auf. Ihre Augen wurden feucht, sie wusste, es war etwas Schreckliches passiert. Automatisch alarmierte sie den Rettungsdienst und hoffte doch, dass er umsonst käme. Die letzten Meter im Süderdünenring bis zu dem Haus von Onno spurtete sie und erreichte keuchend die offene Haustür. Aus dem Inneren des Hauses hörte sie keinen Laut, es war still.

Totenstill.

Auf dem Boden bemerkte sie rote Abdrücke von Schuhen.

»Mein Gott, lass es nicht wahr sein«, flehte Kathrin Hansen, tastete sich bis in die Diele vor und sah, wie Maike Jansen versuchte, sich aufzustützen. Sie schwankte und zeigte hinter sich.

»Olli«, schluchzte sie.

»Kathrin, Olli.«

Dann brach sie zusammen.

Bei der Durchsuchung des Hauses herrschte eine gedrückte Stimmung. Die Gedanken der Ermittler waren bei Maike Jansen und Friedrichs. Bis zum Abtransport hatte keiner von ihnen das Bewusstsein wiedererlangt und sie waren mit einem Hubschrauber der Johanniter nach Wittmund ins Akutkrankenhaus geflogen worden. Und wie immer in solchen Fällen hüllten sich die Ärzte in Schweigen. Die Patienten würden derzeit operiert und man würde alles tun, was möglich ist, hieß es.

Für Kathrin Hansen und Heidkamp bedeutete die Warterei die Hölle. Beide fühlten sich schuldig. Sie hatten grünes Licht gegeben, dass ihre jungen Kollegen den Mafiaboss observieren sollten. Für Viktoria Steinbach und Onno kam jede Hilfe zu spät. Mit gezielten Schüssen in den Kopf waren beide getötet worden. Eiskalt, blitzschnell, sie hatten keine Möglichkeit bekommen, sich zu verteidigen.

Für Kathrin Hansen stand fest, dass der Täter der Rollerfahrer sein musste, der sie fast angefahren hätte. Nach ihm wurde fieberhaft gesucht.

Während Heidkamp in Absprache mit dem Polizeipräsidenten versuchte, das Geschehen weitestgehend von der Öffentlichkeit fernzuhalten, durchsuchte Kathrin Hansen mit den beiden IT Technikern das Haus von Onno. Finny Schmitz und Holger Klein entpuppten sich als wahre Freaks ihres Fachs. Bemüht, ihre Begeisterung über die Hightech Anlagen, die sie vorfanden, bedeckt zu halten, arbeiteten sie ruhig und dezent. Sie spürten den Schmerz, der in der Luft lag.

Nur einmal, als sie mit Kathrin Hansen einen Konferenzraum betraten, wären sie vor Begeisterung fast ausgeflippt. Sprachlos starrten sie auf das riesige iPad, das auf die Stirnwand des Raumes montiert war.

Schwarz, hochglänzend, im Design exakt dem Mac Tablet nachempfunden, war es der Traum eines jedes IT Freaks.

»Mann, Holger«, meinte Finny Schmitz enthusiastisch, »ich glaube, ich träume. Geil, das ist ein echt krasses Teil.« Vor Aufregung rutschte ihm seine Harry Potter Brille auf die Nasenspitze und er ließ sich ächzend in einen Stuhl fallen. Von dem modernen Design des Monitors ebenfalls beeindruckt, sah Kathrin Hansen sich den Raum näher an. Um den ovalen Glastisch waren exakt sechs moderne Stühle ausgerichtet, wobei am Kopfende ein sündhaft teuer aussehender Chefsessel dominierte. Der passte zu Onno, schoss es ihr durch den Kopf, nur würde der ihn nicht mehr brauchen. An den Wänden hingen großformatige Bilder in schlichten und doch eleganten Metallrahmen. Impressionen, stark in der Farbdominanz, und doch berührend.

Stimmungsvoll.

Melodisch.

Gemalt von Künstlern, die zweifellos ihr Handwerk verstanden. Damit hatte Onno sich ein Stück Heimat in sein Haus geholt, überlegte Kathrin Hansen.

»Seht euch das an«, ließ sich Holger Klein vernehmen, und fasziniert starrten sie auf den Tisch, aus dem mit einem leisen Surren eine Konsole hochfuhr. Total auf Spannung trommelte Klein mit den Fingerspitzen auf die Glasplatte und hackte dann auf die Tastatur der Konsole ein. Nach einigen vergeblichen Versuchen, begleitet von

Insidergebrabbel, aktivierte sich schließlich der Monitor.

»Wow, soweit sind wir schon mal«, gab Klein von sich. Bei der Aufforderung, das Passwort einzugeben, wurde er weniger euphorisch.

»Gib die Namen Bodo Onno und Carlo Renzi in Varianten ein«, meinte sein Kollege. »Klingt zwar simpel, aber oft ist das der Treffer.« Nach frustrierenden Minuten schlug Kathrin Hansen vor, die Namen Laura Tiefental und Viktoria Steinbach zu versuchen.

Ebenfalls negativ.

»Ich glaube, hier kommen wir nicht weiter«, meinte Finny Schmitz schließlich. »Wir bauen das Teil aus und werfen es unserem Megarechner zum Fraß vor. Der hat noch jedes Passwort geknackt.«

»Blackstyle«, sagte Kathrin Hansen aus dem Bauch heraus.

»Gebt Blackstyle ein.«

Irritiert blickten die beiden sie an und sie konnte ihnen ansehen, was sie dachten.

»Blackstyle«, meinte Finny Schmitz mit verkniffenem Gesichtsausdruck, »was soll denn das sein?«

»Geben Sie es einfach ein.«

Und dann wurden die Augen der Kollegen so groß wie Satellitenschüsseln. Mit einem tiefen, melodiösen Sound produzierte sich auf dem Monitor eine Frau.

Als Akt.

In verführerischer Pose.

Sinnlich.

Mit strahlenden Augen blickte ihnen Laura Tiefental entgegen.

Kathrin Hansen fühlte, wie ein Schauder über ihren Rücken lief. Ahnte, welch ungeheure Energie in dieser Frau stecken musste.

»Das ist doch nicht wahr«, stöhnte sie.

»Mann, ist das ein Weib«, seufzte Finny Schmitz und abermals rutschte ihm die Nickelbrille auf die Nasenspitze

»Hier, das ist vielleicht auch nicht schlecht«, holte sie Holger Klein auf den Teppich zurück. Er klickte auf den Button *Family* und vor ihnen baute sich ein Organigramm auf. In dem Moment vergas Kathrin Hansen selbst an Jansen und Friedrichs zu denken. Verblüfft sah sie die Organisation des Renzi Clan sauber gegliedert auf dem Monitor. Ganz oben, über alles herrschend, Bodo Onno. Darunter führten Linien zu Splittergruppen in Deutschland und Italien. Quasi ein Nebenprodukt war eine Clan Family in Belgien. Die Oberhäupter der Familien waren jeweils mit ihrem Konterfei abgebildet.

Selbstbewusst.

Mit starkem Ego.

»Da werden sich unsere Kollegen beim BKA und bei Interpol aber mächtig freuen«, äußerte sich Kathrin Hansen.

»Die bekommen den gesamten Renzi Clan im wahrsten Sinne des Wortes auf dem Tablet präsentiert.«

»Da sind noch andere Ordner«, meinte Holger Klein. »Sollen wir die mal eben durchgehen?«

»Nein«, Kathrin Hansen winkte ab.

»Ihr nehmt alles mit und wertet es in eurer Dienststelle aus. Dr. Heidkamp wird euch sagen, wie es weitergeht.«

Anschließend ging Kathrin Hansen durch das Haus und wurde dabei von zwei Kollegen angesprochen, die im Keller ein Waffenlager und verpackte Objekte gefunden hatten. Objekte, die Hehler Ware sein könnte, so ihre Meinung.

»Alles einpacken und mitnehmen nach Wittmund«, ordnete Kathrin Hansen an. Sie wollte die Klamotten nicht in ihrer Dienststelle haben. Zudem sich auch noch die Kriminaltechnik damit beschäftigen musste. Ihre Gedanken wanderten zu Maike Jansen und Friedrichs und sie hoffte, dass bald eine erlösende Nachricht vom Krankenhaus eingehen würde.

»Liebe Kollegin, ich habe hier was für Sie«, unterbrach eine Stimme wie Schmieröl ihr Grübeln. Wie von einer Natter gebissen, zuckte Kathrin Hansen zusammen.

Die Stimme kannte sie.

Der Sexist aus Wittmund.

Fred Trotzki, der es Ava Sari mal so richtig besorgen wollte. Langsam drehte sie sich um und stand vor einem Nichts. Vor einem mickrigen Kerlchen, das nach nichts aussah. Ein Typ, den man übersieht. Nur das unsympathische Gesicht blieb kleben wie Kaugummi, in den man getreten war.

»Nennen Sie mich nur nicht Kollegin. Leute wie Sie gehören in psychiatrische Behandlung«, knurrte sie ihn an. »Und lassen Sie sich nur ja nicht auf der

Dienststelle blicken, meine Kollegin reißt Sie in Stücke.«

Wütend riss Kathrin Hansen ihm das Blatt Papier aus der Hand und ging in ein Nebenzimmer. Mit gerunzelter Stirn überflog sie den Text. In dem Schreiben wurde Viktoria Steinbach der Hehlerei für den Renzi Clan beschuldigt. Außerdem würde wegen Verdacht auf Geldwäscherei gegen sie ermittelt, eine Beteiligung an Bandenverbrechen wäre nicht auszuschließen. Seit zwei Tagen wäre Viktoria Steinbach nicht mehr in ihrer Firma erschienen und es würde nach ihr gefahndet. Sollte sie auf Langeoog auftauchen, ist sie sofort festzunehmen. Eine Kopie des Haftbefehls ginge per Mail der Dienststelle zu.

Na super, dachte Kathrin Hansen, dann kann ich Viktoria Steinbach ja jetzt im Leichenschauhaus verhaften.

26. KAPITEL

Spät am Nachmittag beschloss Kathrin Hansen für eine Stunde nach Hause zu fahren, um zu duschen. Der Mief des Tages, der sich in den Poren festgesetzt hatte, musste runter. Und eine starke Tasse Kaffee musste auch drin sein. Dann würde es weiter gehen.

Ava Sari hatte Anweisung, sie bei der kleinsten Neuigkeit sofort anzurufen. Bei einer Nachricht aus dem Krankenhaus verstand sich das von selbst. Maike Jansen und Friedrichs hatten nach letzter Meldung die OP gut überstanden, waren aber noch nicht ansprechbar. Die Schussverletzung bei Maike Jansen war ein glatter Schulterdurchschuss gewesen, bei Friedrichs hatte es anders ausgesehen. Nur knapp hatte die Kugel das Herz verfehlt und zeitweise hatte es äußerst ernst um ihn ausgesehen. Aber er würde es schaffen, so die Ärzte.

Von dem Verdächtigen hatten sie noch keine Spur. Die Hoffnung, ihn über den Elektro-Motorroller schnell ermitteln zu können, blieb ohne Ergebnis. Nach der Tat musste er den Roller versteckt haben. Besonders frustrierend empfand Kathrin Hansen die

Situation, dass sie keinerlei Anhaltspunkte hatten, wo sie suchen könnten. In jeder der unzähligen Ferienwohnungen konnte der Gesuchte untergetaucht sein. Ihre ganze Hoffnung ruhte auf Maike Jansen und Friedrichs. Davon ausgehend, dass der Täter, als er auf sie geschossen hat, keinen Helm aufhatte, mussten sie sein Gesicht gesehen haben.

Nach der erfrischenden Dusche brühte Kathrin Hansen sich gerade einen Kaffee, als der erlösende Anruf kam. Im ersten Moment glaubte sie sich getäuscht zu haben, als sie die Stimme von Maike Jansen hörte.

»Kathrin, es tut mir Leid, wir haben es verbockt«, hauchte Maike Jansen ins Handy.

»Aber Olli hat es geschafft.«

Dann vernahm Kathrin Hansen ein leises Schluchzen und sie musste kämpfen, damit sie nicht auch noch losheulte.

»Laura Tiefental«, konnte sie noch undeutlich verstehen, dann war die Leitung tot.

Erleichtert atmete Kathrin Hansen durch. Maike Jansen war wieder ansprechbar und Friedrichs würde es bald wohl auch sein. Den Inselgöttern sei gedankt.

Dann überfiel sie Wut.

Wut, die schwer zu zügeln war.

Sie hätte Laura Tiefental auf der Stelle erschießen können. Verdonnerte sich selbst dafür, dass sie auf die Frau hereingefallen war. Zweifelte an ihrer Menschenkenntnis. Doch dann zwang sie sich zur Ruhe und wählte die Nummer von Heidkamp.

Wie Kathrin Hansen, hatte auch er schon so etwas

geahnt, und war nicht wirklich überrascht.

»Eine solche Frau kann einen ja auch irgendwie noch imponieren, meinte er. Leider steht sie auf der falschen Seite.«

»Mich beeindruckt die erst, wenn ich sie im Anstaltskittel in der Justizvollzugsanstalt sehe«, antwortete Kathrin Hansen mit Wut im Bauch.

»Und das möglichst bald.«

Heidkamp wollte sofort die bundesweite Fahndung nach Laura Tiefental veranlassen, stimmte aber mit Kathrin Hansen überein, dass die Frau sich noch auf der Insel aufhalten müsste. Die Frage war nur wo.

»Hotel Seeteufel wäre eine Möglichkeit«, meinte Kathrin Hansen.

»Vom Süderdünenring ist das ein Katzensprung und würde erklären, dass Laura Tiefental niemandem aufgefallen ist. Aber ich glaube nicht daran. Sie wird den Teufel tun und sich öffentlich zeigen. Sie hat sich irgendwo verkrochen, wo sie keiner kennt.«

»Sie hat nichts mehr zu verlieren und ist äußerst gefährlich«, äußerte sich Heidkamp.

»Wir müssen an die Öffentlichkeit gehen und die Bevölkerung auf der Insel warnen. Das Versteck spielen ist vorbei. Wir können das nicht mehr verantworten.«

An die Öffentlichkeit gehen!

Kathrin Hansen wurde es schlecht.

Sie stellte sich die entsetzten Familien vor, die Feriengäste und Insulaner, für die eine Welt zusammenbrechen würde. Sie durfte das nicht zulassen. Es war ihr Job, dafür zu sorgen, dass die heile Welt von Langeoog nicht zerstört wurde. Vor lauter Aufregung goss sie Kaffee neben die Tasse und überlegte fieberhaft, was sie tun könnte.

Ein Pling ließ sie auf ihr Handy blicken.

Eine Nachricht von Ava Sari. Diese hatte versucht sie zu erreichen und wollte dringend zurückgerufen werden. Scheiße, da muss ich unter der Dusche gestanden haben, fuhr es Kathrin Hansen durch den Kopf. Kurz informierte sie Heidkamp und bat ihn, nichts zu unternehmen, bis sie sich melden würde.

»Zehn Minuten, mehr gebe ich Ihnen nicht«, hörte sie ihn widerwillig nuscheln.

»Es brennt, Kathrin«, meldete sich Ava Sari.

»Ein Urlauber hat am Flinthörn einen Motorroller entdeckt. Versteckt in den Dünen, unterhalb der Aussichtsplattform. Der Mann musste mal und nun ja, er ist tiefer als erlaubt in die Dünen hinein gegangen und hat das Teil dort entdeckt.«

»Hat er jemanden gesehen?

Wo ist der Mann jetzt?«

Kathrin Hansen merkte, wie ihre Nerven anfingen zu flattern, sie zwang sich zur Ruhe.

Ava Sari ahnte, wie es in ihrer Chefin arbeiten musste und versuchte zu entschleunigen.

»Alles gut, Kathrin, nichts ist passiert. Der Mann ist bereits wieder bei seinem Fahrrad, das er auf dem Deich abgestellt hatte. Von dort aus hat er angerufen. So ganz geheuer war ihm die Geschichte nicht und er hat sich schleunigst vom Fundort davon gemacht. Ich habe ihn gefragt, ob er was Auffälliges bemerkt hätte und er meinte, weit und breit wäre er alleine unterwegs.«

»Wir müssen ihn warnen«, entschied Kathrin Hansen. »Aber so, dass er nicht in Panik gerät.«

»Habe ich bereits«, antwortete Ava Sari.

»Ich habe ihn darauf aufmerksam gemacht, dass es ein irrer Typ sein könnte, der den Roller in den Dünen versteckt hat. Der Roller wäre möglicherweise gestohlen. Der Mann hat das direkt kapiert und wollte in den Ort zurückfahren. Er hätte keinen Bock, sich im Urlaub mit einem Kriminellen anlegen zu müssen, so hat er sich geäußert.«

Erleichtert atmete Kathrin Hansen auf.

»Gut, Ava.

Seinen Namen und die Adresse hast du?«

»Alles da.«

»Okay, wir müssen Schluss machen, Heidkamp wartet auf meine Rückmeldung. Bis gleich.«

Tatsächlich hatte der Kriminalrat sich breitschlagen lassen, die Meldung an die Öffentlichkeit etwas hinaus zu schieben, wenn auch nicht für lange. Er und Kathrin Hansen hockten im *Fährmann* in einer ruhigen Ecke und studierten die Inselkarte. Dabei aßen sie Schnittchen, die Heidkamp bestellt hatte. Wenn es auch ungewöhnlich war sich während einer brisanten Situation in eine Kneipe zurückzuziehen, hatte Heidkamp darauf bestanden. Er musste raus aus dem spannungsgeladenen Umfeld, weg von den Leuten, die alle ihn sprechen wollten.

Wieder den Kopf frei bekommen.

»Die Presse sitzt uns im Nacken«, sagte Heidkamp kauend, »wir können die nicht mehr lange hinhalten.« Aufmerksam blickte er die Hauptkommissarin an. Seit die gute Nachricht aus dem Krankenhaus gekommen war, blühte sie wieder auf. Aber etwas arbeitete in ihr, er spürte das.

»Raus damit«, meinte er und pikste mit dem Finger auf die Karte.

»Ihnen geht doch was durch den Kopf.«

Nachdenklich nickte Kathrin Hansen.

»Flinthörn!

Nicht von ungefähr hat Laura Tiefental dort den Roller versteckt. Den hätte sie auch anderswo in den Dünen verschwinden lassen können. Ich glaube, es sind zwei Dinge, die sie veranlasst haben, diese einsame Ecke auszuwählen. Einmal konnte sie mit dem Roller bis an den Aussichtspunkt heranfahren und zum anderen ist sie von dort aus nicht mehr weit von ihrem Ziel entfernt. Auf dem Weg dorthin bleibt sie praktisch unsichtbar.

Einfach perfekt.«

Sie bemerkte den fragenden Blick von Heidkamp und ihr wurde bewusst, dass er nicht alle Einzelheiten der Insel kennen konnte.

»Von Flinthörn bis zum Hafen ist der Inselstreifen Schutzzone und gesperrt. Wenn Laura Tiefental da durchmarschiert ist, wird sie kein Mensch gesehen haben.«

»Hafen«, bei Heidkamp fiel der Groschen.

»Sie glauben, die will versuchen, mit der Fähre zu fahren? Das kann ich mir nicht vorstellen, sie weiß, dass alles kontrolliert wird. So ein Risiko wird sie nicht eingehen.«

»Nicht Fähre, denken Sie daran, wie die Killer von Kazkowski auf die Insel gekommen sind.

Klammheimlich, von keinem bemerkt.«

»Yachthafen«, stieß Heidkamp heraus.

»Verdammt, halten Sie es für möglich, dass die Frau mit einem Boot flüchten will?

Dass sie so ein Ding überhaupt bedienen kann?

Ja, ihr traue ich das zu«, gab Heidkamp sich dann selbst die Antwort.

»Sie wird warten, bis es dunkel ist, bis kein Mensch sich mehr im Hafen aufhält.«

Kathrin Hansen sah auf die Uhr.

»Stimmt meine Vermutung, bleibt uns nicht mehr viel Zeit.«

Es war kurz nach zweiundzwanzig Uhr, die letzte Fähre nach Bensersiel hatte vor zwei Stunden den Hafen verlassen und ringsum breitete sich die beruhigende Stille des Feierabends aus. Ein Logistikunternehmen hatte noch zwei Container auf den Anleger der Transportfähre gekarrt und danach die letzten Hafenarbeiter für die Rückfahrt mitgenommen.

Kriminalrat Heidkamp hatte seine Leute so gut postiert, dass selbst Kathrin Hansen sie nicht entdecken konnte. Ursprünglich wollte Heidkamp die vor Anker liegenden Boote durchsuchen lassen, hatte dann aber doch auf die Hauptkommissarin gehört und davon Abstand genommen. Im letzten Moment wollte Kathrin Hansen nicht alles aufs Spiel setzen. Eine solche Durchsuchung hätte einen riesen Wirbel gemacht und Laura Tiefental gewarnt. Sollte sie sich bereits auf einem Boot versteckt halten und versuchen zu fliehen, hatte sie keine Chance. Im Nu würde die Hafenausfahrt blockiert. Heidkamp hielt es durchaus für möglich, dass eines der Boote dem Boss der Mafia gehörte. Nur das auf die Schnelle herauszufinden, war nicht möglich. Es konnte unter einem unbekannten Pseudonym registriert sein.

Kathrin Hansen setzte ihre ganze Hoffnung darauf, dass ihre Vermutung stimmte und der Spuk bald vorbei sein würde. Unablässig beobachtete sie durch das Nachtsichtgerät die Boote und glaubte plötzlich eine Bewegung auf einem kleinen, schnittigen Motorboot wahrzunehmen. Hätte nicht gerade der Mond durch eine Wolkenspalte die Szene beleuchtet, hätte sie es nicht bemerkt.

»An alle«, sie bemühte sich, ihre Aufregung sich nicht anmerken zu lassen.

»Bewegung auf dem Motorboot *Seepythos*«, flüsterte sie in das Funkgerät. »Es liegt mit dem Bug zur Ausfahrt hin und sieht mir äußerst PS stark aus. Es kann bestimmt sehr schnell werden, lasst die Einfahrt blockieren.«

Sie hörte, wie Heidkamp zustimmte und bemerkte, wie am Bug des Bootes die Positionslampe kurz aufleuchtete. Leicht und geräuschlos glitt die *Seepythos* von dem Anleger weg, nahm Kurs auf die Hafenausfahrt und schoss dann urplötzlich mit Aufheulen der Motoren auf die Ausfahrt zu. Im gleichen Moment tauchten Flutlichter den Hafen in grelles Licht und durch ein Megafon forderte Heidkamp den Bootsführer auf, anzulegen.

Im letzten Moment schien Laura Tiefental bemerkt zu haben, dass die Ausfahrt blockiert war und steuerte das Boot in einem wahnsinnigen Tempo in Richtung Außengrenze. Anscheinend wollte sie versuchen, durch das Niedrigwasser zu entkommen.

Wahnsinn, dachte Kathrin Hansen, konnte die Frau aber verstehen. Sie hatte nichts mehr zu verlieren und musste alles auf eine Karte setzen. Kurz darauf gab es einen schneidenden Knall und durch das Glas sah Kathrin Hansen, wie eine Gestalt durch die Luft katapultiert wurde.

Es dauerte eine Weile, bis Laura Tiefental von Beamten an Land gebracht wurde. Abgerissen, die elegante Kleidung mit Schlick bedeckt, war sie kaum wiederzuerkennen. In den Armen der Kripobeamten hing Laura Tiefental mehr, als dass sie ging. Ihr rechter Arm hing seltsam abgewinkelt herunter und fast schon tat sie Kathrin Hansen leid.

Fast schon.

Sie war heilfroh, dass diese Frau mit ihrer verbrecherischen Skrupellosigkeit keinem mehr gefährlich werden konnte. Kathrin Hansen gab den Kollegen ein Zeichen, dass sie einen Moment stehen bleiben sollten.

»Warum?«, fragte Kathrin Hansen.

»Warum das ganze Spiel? Sie hatten doch alles, was Sie brauchten.«

Verächtlich blickte Laura Tiefental ihr in die

Augen.

»Schätzchen, eine Insel Pomeranze wie du, wird das nicht verstehen können.«

Sie spukte der Hauptkommissarin vor die Füße und forderte die Beamten auf weiter zu gehen.

Insel Pomeranze.

Kathrin Hansen kam sich vor, als wäre sie geadelt worden.

27. KAPITEL

Es war Freitagmittag, die Insel pulsierte. Außer den Feriengästen, die länger auf der Insel bleiben wollten, trudelten Wochenendurlauber ein, wie auch viele Tagesbesucher, die das schöne Wetter auf Langeoog genießen wollten.

Kathrin Hansen, Hindrik, Ava Sari, Dr. Heidkamp und Maartens blickten der einlaufenden Fähre entgegen. Ava Sari hatte bereits eine Packung Taschentücher verbraucht und Kathrin Hansen hielt die Hand von Hindrik umklammert.

Es herrschte Stille zwischen ihnen, die furchtbaren Geschehnisse kehrten in diesem Moment in ihre Erinnerung zurück. Erinnerten sie daran, dass das Leben sich nicht immer den sonnigen Vorstellungen beugte. Ließen Kathrin Hansen daran denken, warum sie ihre vielversprechende Karriere als Ermittlerin hingeschmissen und sich der Insel verschrieben hatte. Erinnerten sie daran, dass sie sich geschworen hatte, die Menschen auf Langeoog zu beschützen. So zu beschützen, das Familien weit weg vom Terror dieser Welt unbeschwert Ferien machen konnten. Doch die

Geschehnisse hatten ihr gezeigt, dass es auch anders sein konnte, dass dunkle Geister die Insel heimsuchen konnten. Fest drückte sie die Hand von Hindrik und blinzelte zu Heidkamp hin, der mit feuchten Augen der Fähre entgegenblickte. Maartens beobachtete durch sein Fernglas die Passagiere auf dem Oberdeck und ein glückliches Lächeln legte sich auf sein Gesicht.

Fast hatten schon alle Fährgäste den Anleger verlassen, als Maike Jansen Hand in Hand mit Friedrichs auftauchte. Beide, noch recht blass um die Nase, strahlten ihre Kollegen an, umarmten sie lange und gingen mit ihnen zur Inselbahn.

Am Bahnhof Langeoog stand ein Planwagen bereit, der die ganze Truppe zum *Fährmann* brachte. Heidkamp hatte für den Rest des Tages mit einer Notbesetzung aus Wittmund die Dienststelle besetzt und in die Gaststätte noch die Tante von Friedrichs sowie Friederike Maartens eingeladen.

»Was ist denn hier los«, meinte Friedrichs zu Maike Jansen und hätte sich am liebsten mit ihr in eine stille Ecke in den Dünen gebeamt.

»Tja«, strahlte Heidkamp, »ist ja nun schön, dass ihr junges Volk wieder da seid.«

Blickte dann ernst zu Friedrichs hin und meinte, dass er einen besonderen Schutzengel gehabt haben musste, der die Kugel haarscharf an seinem Herzen vorbeigelenkt hatte.

»Das war knapp, Friedrichs, ich hoffe, Sie haben daraus gelernt.«

War ja klar, dachte Kathrin Hansen, das musste ja

kommen. Sie blickte zu Maike Jansen hin, die Heidkamp verkniffen ansah. Wenn der Kriminalrat ihr jetzt auch noch eine Standpauke halten würde, gäbe es Stress, befürchtete Kathrin Hansen. Heidkamp hielt sich jedoch zurück. Er meinte, wie erleichtert er sei, dass beide wieder völlig gesund wären und gab dann einen kurzen Überblick, was nach der Schießerei geschehen war. Anerkennend blickte er Maike Jansen an und lobte sie für ihre Reaktion.

»Aufgrund des Notrufes, den Sie ausgelöst haben, konnten wir sofort sämtliche Transferwege überwachen lassen. Wer weiß, wann wir sonst bemerkt hätten, was sich abgespielt hat.«

Genüsslich trank er einen Schluck Bier und Kathrin Hansen registrierte, dass es auch ohne dieses Nerv tötende Geschlürfe ging. Weiterhin informierte der Kriminalrat über die Festnahme von Laura Tiefental am Hafen und dankte allen Beteiligten für ihre gute Arbeit.

»Ich will gar nicht daran denken, was dieser Teufel von einer Frau noch alles angestellt hätte, wenn sie uns durch die Lappen gegangen wäre. Trotz ihres mehrfach gebrochenen Arms und starken Prellungen am ganzen Körper hat sie in der Zelle wie eine Wahnsinnige getobt. Sie war einfach nicht zu bremsen.«

»Hat sie eigentlich diesen Mafia Boss nur deshalb erschossen, weil er neben ihr noch eine Geliebte hatte?«, wollte Maartens wissen.

»Genau. Sie hatte pikante Fotos von Onno und

230

Viktoria Steinbach gefunden. Daraufhin stellte sie Onno zur Rede und genau in dem Moment tauchte die Steinbach auf. Die Situation eskalierte und Laura Tiefental ist völlig ausgerastet und hat die beiden erschossen. Die Schüsse auf unsere Kollegen waren mehr eine Affekthandlung. Dafür spricht auch, dass sie nicht präzise abgegeben wurden. Laura Tiefental ist eine erfolgreiche Sportschützin, sie hätte ins Schwarze getroffen, wenn sie es darauf abgesehen hätte.«

»Na, toll«, grinste Friedrichs und sah Maike Jansen an. »Da sieht man mal wieder, dass wir beide keinen Blattschuss wert sind.«

Den schmerzhaften Tritt an sein Schienbein steckte er heldenhaft weg.

Keinen Tritt bekam Kathrin Hansen ab, dafür bemerkte sie, wie Hindrik sie besorgt ansah. Sie hatte ihm nicht verheimlichen können, dass sie sich Vorwürfe machte, dass ihre Leute in diese Situation geraten waren, dass sie die jungen Kollegen nicht zurückgehalten hatte.

Immer wieder stand ihr die Szene vor Augen, wo Maike Jansen im *Fährmann* während der Besprechung gemeint hatte, dass Onno flüchten könnte, dass er observiert werden müsste.

Bodo Onno, alias Carlo Renzi.

Ein Boss der Mafia!

Und sie hatte zugestimmt und Maike Jansen und Friedrichs ins Messer laufen lassen. Es half ihr auch nicht, das Kriminalrat Heidkamp dazu sein stilles Einverständnis gegeben hatte.

Sie hätte die Gefahr besser abschätzen müssen.

Hätte nein sagen müssen.

Alles wäre anders gelaufen.

Kathrin Hansen wurde abgelenkt durch Maartens, der sich zu ihr setzte. Sie sah ihm an, dass auch er mächtig erleichtert war, dass der Fall abgeschlossen war und die Menschen wieder unbeschwert die Schönheiten der Insel und das Meer genießen konnten.

»Das mit Flinthörn und dem Hafen, das haben Sie gut hingekriegt«, meinte Maartens und blickte sie anerkennend an.

»Auf die Idee, dass die Frau sich durch das gesperrte Gebiet zum Hafen durchschlagen und ein Boot kapern würde, musste man erst einmal kommen. Übrigens, die *Seepythos*, gehörte die dem Mafia Boss?«

»Ja.«

Frustriert trank Kathrin Hansen einen großen Schluck Bier und setzte das Glas heftig auf den Bierdeckel ab.

»Und hier muss ich mir den Vorwurf machen, dass wir das nicht überprüft haben.

Ein Fehler, der nicht hätte passieren dürfen.«

Maartens winkte ab.

»Wie denn auch?

Mit wem hätten Sie das denn alles geregelt bekommen sollen? Ihr seid nun mal eine kleine Truppe. Sie haben mit ihren Leuten eine tolle Arbeit hingelegt, mehr geleistet, als es eigentlich möglich war.«

Ernst blickte er Kathrin Hansen in die Augen.

»Machen Sie sich keine Vorwürfe, eine solche Entwicklung war nicht vorhersehbar. Glauben Sie mir, während meiner Dienstzeit habe ich auch vieles einstecken müssen. Unkalkulierbare Geschehnisse, wo ich mich hinterher immer wieder gefragt habe, warum ich es nicht anders gemacht habe. Es hat eine Weile gedauert, bis ich akzeptiert habe, dass auch diese Dinge ein Teil unseres Berufes sind.

Wir können sie nicht vermeiden.

Wir können nur versuchen, dass sie nicht allzu oft geschehen.«

Maartens nahm sein Glas, stieß mit Kathrin Hansen und Hindrik an und ließ ein aufmunterndes »Prost« hören.

Nachdenklich ließ Kathrin Hansen das, was Maartens gesagt hatte sacken, und drückte ihm dann einen Kuss auf die Backe.

»Danke«, sagte sie mit feuchten Augen.

»Das gibt mir Mut, weiter zu machen.«

Ich liebe das Meer
wie meine Seele.
Oft wird mir sogar
zu Mute, als sei das
Meer eigentlich
meine Seele selbst.

Heinrich Heine

Kim Lorenz

Langeoog
Tod

2. Fall für Kathrin Hansen

Eine Tote in der Disko am Weststrand. Auf einem Video sieht Kathrin Hansen am Abend zuvor die junge Frau sprühend vor Lebensfreude in die Disko kommen. In Begleitung. Eine Frau, die das Leben liebte. Ihr Tod trifft Kathrin Hansen ins Herz. Schnell baut sich für die Hauptkommissarin ein Beziehungsmotiv auf, doch es kommt noch dicker. Erschossen, sauber verpackt und ordentlich deponiert, gibt es bei der Strandaufschüttung ein weiteres Mordopfer. Schlagartig wird Kathrin Hansen klar, dass sie es mit professionellen Killern zu tun hat und ihre ganze Sorge gilt der Sicherheit der Inselbewohner. Als die Hauptkommissarin und ihr Team glauben, kurz vor der Aufklärung der Mordfälle zu stehen, gibt es noch ein Sahnehäubchen oben drauf. So eine richtig schöne Hinrichtung. Stilvoll, mit allem drum und dran. Doch der Schlussakt hat es dann so richtig in sich.

Völlig fertig schloss Kathrin Hansen die Eingangstür ihres Hauses auf und wünschte sich nur noch Ruhe. Am liebsten hätte sie sich ins Bett verkrochen, wusste aber, dass das nichts bringen würde. Sie musste erst runterkommen, musste den Müll, durch den sie an dem Tag gestapft war, irgendwie entsorgen. Erleichtert nahm sie den verführerischen Duft wahr, der ihr aus der Küche entgegen strömte. Sie hatte, als der Feierabend absehbar wurde, Hindrik angerufen und ihn gefragt, ob er etwas zu Essen machen könnte. Sie wäre schon mit etwas Kleinem zufrieden. Den ganzen Tag hatte sie praktisch nur von Kaffee gelebt und ihr Magen drohte zu kollabieren. Von ihrem zerrissenen Nervenkostüm ganz zu schweigen.

Kaum hatte sie in der Diele ihre Schuhe abgestreift, als auch schon Hindrik in der Tür erschien. Und wie immer musste sie ihm erst gar nicht sagen, was für einen Tag sie gehabt hatte, sein besorgter Blick sagte genug. Ohne ein Wort zu sagen nahm er sie in seine Arme und hielt sie lange fest. Es hätte nicht viel gefehlt und Kathrin Hansen hätte angefangen zu heulen. Doch sie wusste, wie Hindrik mit ihr litt und es reichte. Der Sack war voll. Langsam löste sie sich von ihm und fragte, ob sie vor dem Essen noch schnell duschen könnte. »Ich komme mir vor, als ob ich durch Kloake gekrochen wäre.«

»Klar, zehn Minuten brauche ich auch noch, aber dann können wir essen.«

Zwischendurch kam Hindrik ins Bad und reichte ihr ein Glas Wein. »Zum Runterkommen«, meinte er fürsorglich und war dann wieder weg. Kathrin Hansen entschied sich für ein weites, langes Shirt und atmete tief durch, als sie auf die Terrasse ging. Ein Gefühl der Freiheit erfasste sie und reglos blickte sie auf das Meer. Wieder einmal wurde ihr bewusst, in welch einem Rahmen ihr Leben sich abspielte. Das sie täglich das Privileg hatte, in einer Symbiose mit einer intakten Natur leben zu dürfen. Auch wenn die Naturgewalten sie schon mal daran erinnerten, wie klein sie selbst war. Diese Dinge gehörten nun mal dazu.

Sie spürte, dass Hindrik hinter sie getreten war und seine Hände auf ihre Schultern legte. Einen Moment blieben sie so gedankenverloren stehen und als Hindrik ihren Nacken küsste, lief ein wohliger Schauer über ihren Rücken. So hätte sie es noch eine Weile aushalten können, als Hindrik schließlich ans Essen erinnerte. Er bugsierte sie auf ihren Stuhl, füllte Wein nach und hievte dann die alte eiserne Bratpfanne auf den Tisch...

...»Komm, lass es raus«, murmelte er und griff nach ihrer Hand.

»Was macht dich so fertig?«

Wie immer, hatte er ihren Stimmungswandel gespürt und wollte ihr helfen. Und vielleicht, fuhr es Kathrin Hansen durch den Kopf, würde es ihr gut tun, mit ihm über die Sache zu reden. Auch im Hinblick der Öffentlichkeit, die nach den jüngsten Erkenntnissen kaum noch außen vorgelassen werden konnte. Hindrik war objektiv, neutral, und sah die Dinge oft anders, als sie diese dienstlich einordnen musste.

»Der Fall, den wir befürchtet haben, ist eingetreten«, begann sie leise zu berichten. »Wir haben es mit eiskalten Profikiller zu tun.« Sie berichtete von den Drogen und dem Präzisionsgewehr, das sie gefunden hatten und schilderte...

Kim Lorenz
lebt und arbeitet zeitweise
auf Langeoog.
Schreibt
Langeoog Krimis
um die Hauptkommissarin
Kathrin Hansen und Co.
Gestaltet
Langeoog Malbücher
mit Motiven der Insel
zum Ausmalen.

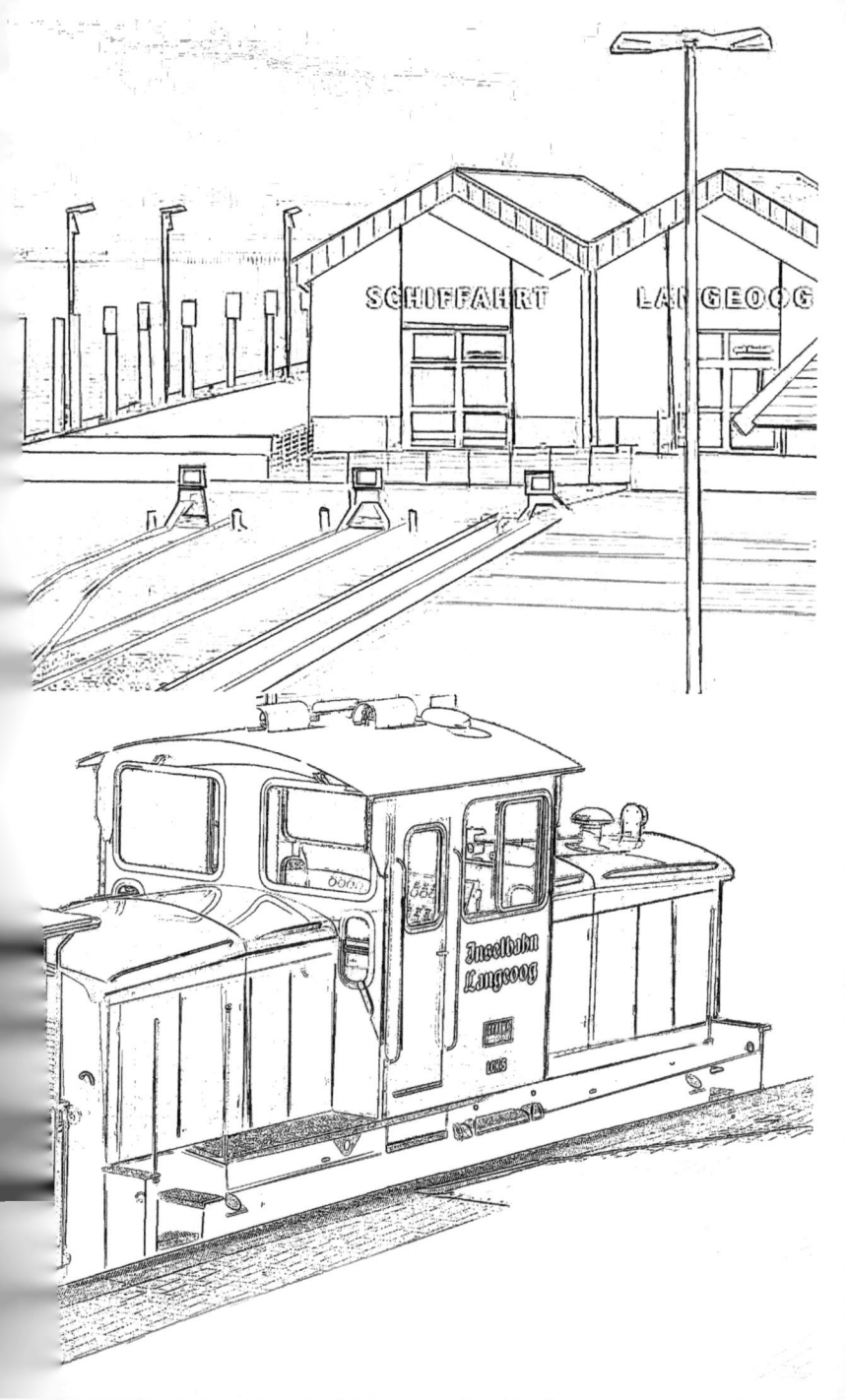